Samantha Venancio

LUIZA

SEM LIMITES PARA A OBSESSÃO

Gerente editorial
Roger Conovalov

Impressão
PSI7

Diagramação
André Barbosa

Revisão
Alessandro de Paula

Capa
Lura Editorial

Primeira Edição
Lura Editorial - 2022.
Rua Manoel Coelho, 500. Sala 710
São Caetano do Sul, SP – CEP 09510-111
Tel: (11) 4318-4605
www.luraeditorial.com.br
contato@luraeditorial.com.br

Dados Internacionais de Catalogação na Publicação (CIP)
(Câmara Brasileira do Livro, SP, Brasil)

Venancio, Samantha
Luiza: sem limites para a obsessão / Samantha Venancio
-- 1. ed. -- Lura Editorial -- São Paulo, SP : 2022.
120p.
ISBN: 978-65-84547-91-9

1. Ficção. 2. Suspense 3. Terror I. Título.

CDD-869.3

Elaborada por Bibliotecária Janaina Ramos – CRB-8/9166

1. Ficção : Literatura brasileira
869.3

Samantha Venancio

LUIZA

SEM LIMITES PARA A OBSESSÃO

lura

DEDICATÓRIA

Esta obra é dedicada à memória de Luciana Xavier.

AGRADECIMENTOS

Primeiramente, agradeço ao meu companheiro, Leandro Cruzato Barbosa, que diariamente me incentiva a escrever, a seguir na literatura e a correr atrás dos meus sonhos. Sem ele, ficaria muito mais difícil a publicação desta obra.

Também agradeço ao meu pai, Milton José Venâncio, que financiou meus estudos, minha formação acadêmica e me ensinou que educação é a base de tudo.

Por fim, mas não menos importante, agradeço à minha mãe, Lídia Xavier. Uma guerreira, responsável pela pessoa que me tornei. Criou a mim e a minha irmã com muita luta, sempre nos conduzindo ao caminho da honestidade, da gratidão e da dignidade.

Até onde pode chegar a mente
obsessiva de uma adolescente?

SUMÁRIO

COMEÇAM AS AULAS

1

Tudo começou em fevereiro de 1997, início do ano escolar. Luiza acabava de completar 16 anos. O 1º ano do Ensino Médio foi avassalador. Todos os alunos que estudaram com Luiza estavam novamente em sua sala no 2º ano. As mesmas pessoas, as mesmas brincadeiras, a falta de maturidade propícia da idade, enfim, a mesma história. A partir dali seria diferente...

O início das aulas foi aguardado com muita expectativa. Geralmente os alunos esperam o término do carnaval para retornarem das férias. Dessa vez não. O colégio estava cheio. Muita gente nova e algumas "caras" conhecidas também, mas, para Luiza, era como se tudo fosse novidade.

O colégio ficava em uma rua movimentada num bairro nobre da cidade. Era um colégio tradicional chamado "Barão de Capelas". Promoviam educação infantil, ensino fundamental e médio. A área comum da instituição, o espaço de confraternização entre os alunos, seja em eventos escolares ou diariamente durante o intervalo, ficava logo após a entrada do portão principal. Era um corredor enorme, de largura similar a uma rua de mão dupla, só que no lugar do asfalto eram pedras hexagonais divididas por singelos ramos gramíneos que cresciam da terra batida abaixo do piso. Ao redor desse corredor, de um lado, um pequeno canteiro com plantas rasteiras e outros arbustos que, de tempos em tempos, necessitavam de uma poda, rentes a um grande paredão que pertencia ao laboratório de Ciências; do outro lado, uma cerca fixa bem estruturada com vista para a quadra de esportes, um nível abaixo daquele pavimento. A cantina também ficava ali, oferecendo uma variedade de lanches e petiscos para os estudantes. As salas de aula ficavam distribuídas em um prédio de porte pequeno com apenas três andares, com acesso pelo pátio, fazendo com que obrigatoriamente os alunos passassem por ali antes de começarem seus estudos. Esse mesmo prédio alojava também a secretaria, a diretoria, o laboratório de Informática e outras dependências necessárias para manter a instituição em perfeito funcionamento.

Luiza sempre morou em Capelas, uma cidade de médio porte, localizada na Grande São Paulo. No município existiam problemas como em qualquer outro. Desemprego, desigualdade social, trânsito, enchentes... O fato é que já havia se acostumado ao lugar e, de certa forma, se identificava. O bairro onde morava, uma periferia distante do centro, tinha o aspecto de vila antiga, onde todos se conheciam. Sempre brincou na rua durante a infância, sempre fez amigos que moravam bem ali, ao lado de sua casa, sempre fez parte do lugar onde nasceu e cresceu.

O 1º ano não foi fácil. Luiza passou para o 2º ano com dificuldade, ficando para recuperação em duas matérias. Seu professor de Matemática a ajudou bastante, mas não teve jeito. Luiza sempre teve certa dificuldade com números desde o ginásio. Prometeu a si mesma que iria melhorar naquela disciplina e se dedicar mais dali para frente.

Na sala de aula, só apresentações por enquanto. Na maioria, gente vinda de outras escolas. Mas Luiza já imaginava o tipo de aluno que viria. Em uma escola particular, só o que se pode esperar são pessoas de classe média alta. Sempre foi assim no turno da manhã. Haveria também aqueles cujos pais são operários e têm como prioridade a educação dos filhos. Mas agora, como era o turno da noite, as coisas mudariam. À noite, estudavam pessoas que trabalhavam de dia ou pelo menos tinham a intenção de trabalhar. Pessoas mais velhas, mais maduras.

Enquanto o professor de História se apresentava na primeira aula, Luiza ficou de olho nos alunos à sua volta. Com tanta gente nova, era um dever fazer novas amizades. Notou um garoto muito simpático ao seu lado. Quando chegou sua vez de se apresentar, fez piadinhas e pareceu ser um rapaz muito engraçado. Logo após a apresentação, o professor passou uma atividade em grupo para melhor integração entre o pessoal. A atividade era sobre as guerras que aconteceram no mundo contemporâneo. O que elas significavam em nosso cotidiano e se realmente valeriam a pena acontecer. A atividade adicionava um ponto na próxima prova. Luiza gostou da ideia e logo se sentou perto do "cara engraçado". O nome dele era Alan.

Alan, menino negro, de estatura mediana, meio gordinho, era de bem com a vida. Sempre foi de família de classe média, abastada. O suficiente para não faltar nada em casa e ter alguns caprichos, os que quisesse ter. O pai, um funcionário público e a mãe, uma professora dedicada. Vivem em harmonia numa casa grande, perto da escola. Logo Alan e Luiza seriam grandes amigos.

Luiza sempre teve amigos do sexo masculino. Seus melhores amigos eram homens, e tinha total liberdade com eles. Faziam piadas, falavam palavrões, nunca se importou. Já fez amizade com meninas, mas nunca deu certo. Se dava, não passavam de colegas. Suas ideias eram livres, sem embaraços. Sempre gostou de jogar truco e sair para beber, apesar da pouca idade. Por isso os amigos do sexo masculino se tornavam mais interessantes que as meninas.

No seu grupo também tinha um cara, Thomas era o nome dele. Na visão de Luiza, Thomas era bonitinho, algumas espinhas, baixinho, porém com um charme que era só seu. Simpático e inteligente também, mas não o suficiente para ser um *nerd*. Tinha um jeito todo relaxado em tudo, na maneira de se vestir, de andar, de arrumar o cabelo, parecia que tudo isso eram características exclusivas dele. Sendo comunicativo, dava ideias para a realização da atividade. Um rapaz legal, enfim, não mais que Alan na opinião de Luiza.

Thomas discutiu com Luiza sobre a atividade. Ela era muito crítica, chegava a ser radical, e logo colocou a culpa da maioria das guerras nas religiões.

— Nem sempre se luta por religião. Às vezes é por território. — Thomas foi enfático.

— Terra Santa você quer dizer. De alguma maneira, a fonte é sempre religiosa.

— Você está sendo radical, Luiza. Guerreia-se por muitas razões.

"Guerreia"... de onde esse cara tirou essa palavra? Vou procurar no dicionário depois.

— Maravilha! — O professor exclamou lá da frente da sala. — Era isso que eu queria: que uma simples atividade se tornasse um debate.

— E isso é porque nós nem nos conhecemos direito, hein, professor? — Alan achou engraçada aquela situação.

— Mas é esse o intuito. O debate é para vocês se conhecerem melhor.

O sinal tocou indicando que a aula havia terminado. O professor saiu da sala com as atividades na mão para corrigir e entregar depois.

— Bom, Luiza, depois nós terminamos essa discussão — Thomas disse baixinho perto de seu ouvido.

Ela só fez uma cara de deboche para Thomas com uma risadinha sapeca. Thomas retribuiu com um sorriso.

Na hora do intervalo, Luiza aproveitou para conhecer melhor seus colegas de grupo. Apresentar a escola, o pátio, a cantina.

— Há quanto tempo estuda aqui, Luiza? — Thomas parecia interessado.

— Bom, eu saí da pré-escola e vim direto para cá. Já estudei no período da manhã, tarde e noite. Eu gosto daqui.

— Estudava aqui de manhã, no ginásio — afirmou Alan com entusiasmo. — Mas não devo ser da sua época, Luiza.

— Não conhecia muita gente mesmo, sempre fui meio antissocial — falava tranquilamente com Alan, mas parecia cautelosa com Thomas e não sabia direito o porquê.

Conversaram durante todo o período de aula.

Na saída da escola, habitualmente os pais buscavam seus filhos na porta com seus carros do ano e alguns com motorista. Chegavam bem na hora, sem se atrasar. Luiza estranhou que mesmo sendo pessoas mais velhas, no turno da noite, os pais ainda mantinham o hábito de pegar seus filhos no colégio depois das aulas.

— Tchau, Alan! Até amanhã! — Despediu-se de Alan, pois seu pai já estava à espera. Alan comentou que iria embora de ônibus do colégio, mas seu pai não trabalhou naquele dia, por isso resolveu ir buscá-lo. Após se despedir, entrou no carro e desapareceu entre os outros na rua.

— Como vai embora, Luiza? De ônibus? — perguntou Thomas.

— É. Sigo pelo viaduto até o final, desço a rua e vou até a rodoviária. É perto.

— Já conheço esse caminho. Posso ir junto? Vou de ônibus também.

— Claro! Assim tenho companhia e o caminho se torna mais curto.

Foram conversando sobre diversos assuntos, tornando-se assim mais próximos. Filmes, amizades, preferências em relação à comida, roupas. Até sobre o colégio falaram. Mas o assunto principal foi música. Luiza era fissurada por música. Quando descobriu que Thomas gostava de *rock* também se interessou mais pela conversa. Começou a perguntar sobre suas bandas preferidas, músicas, tudo que queria saber.

— Gosto mais de *punk*. Sex Pistols, Offspring e algumas bandas novas.

— Gosta de clássicos, Thomas?

— Sim, mas ainda prefiro *punk*.

— Eu já gosto mais do *pós-punk*, sabe?

— Ah! *New Wave*, anos 80. Sei.

Chegaram à rodoviária, mas o papo estava tão bom que ficaram conversando durante meia hora. Já passava das 23h. Despediram-se e cada um pegou seu ônibus. Moravam em bairros distantes do colégio e distantes um do outro.

Antes de dormir, Luiza ficou pensando qual era o problema com Thomas. Na verdade, queria saber qual era seu problema em relação a ele. Sentia-se pouco à vontade ao seu lado mesmo com toda aquela conversa indo para a rodoviária. No intervalo das aulas hoje, mal conseguia olhar em seus olhos. "*Será que isso é um pressentimento? Será que ele é uma má pessoa? Ou será que tem a ver com aquele debate estúpido na aula?*". Pensava, mas não conseguia compreender. Já com relação a Alan, parecia que já eram grandes amigos, de longa data. O fato é que isso nem era tão importante para tirar seu sono, mas já era 1 da manhã. No dia seguinte haveria aula de Matemática, o que significava problemas para ela. Antes de pegar no sono definitivamente, procurou a palavra "guerreia" no dicionário. *"Droga, aquele filho da mãe estava certo"*. "Guerreia" é do verbo "guerrear".

Luiza foi dormir tão tarde que foi difícil levantar cedo no outro dia. Já passava das 11 da manhã. Nem queria tomar café. Foi direto almoçar. Sua mãe já tinha saído para trabalhar. Luiza costumava ficar sozinha em casa durante a semana. A mãe, Emília, trabalhava o dia todo na manufatura de embalagens, terceirizada para uma fábrica de alimentos. É bastante jovem apesar da prole crescida. Uma filha de 16 e um filho de 12 anos.

Seu irmão mais novo, Leonardo, estudava de manhã e fazia judô à tarde. Adorava o esporte, pois praticava desde pequeno. Era fissurado por campeonatos de judô e amistosos. Dizia que queria ser profissional quando crescesse. Tinha um quarto só pra ele, onde treinava durante seu tempo livre.

Os pais de Luiza e Leonardo se separaram quando ela tinha 12 anos. Seu pai não morava com ela. Ele trabalhava no ramo de Ciências Contábeis há mais de vinte anos. Trabalhava numa empresa onde seu cargo só estava abaixo do dono. Ganhava muito bem e pagava o colégio para os filhos. Em razão disso, não contribuía com a pensão alimentícia, garantida por lei, pois o colégio era muito mais custoso.

A separação dos pais de Luiza não foi amigável. Brigavam o tempo inteiro e a família como um todo se metia entre os dois. Os filhos sofriam as consequências.

O dia passou rápido demais. O céu já começava a escurecer quando Luiza arrumava seus cadernos para ir ao colégio. Ela não usava um só caderno do tipo universitário para todas as matérias. Tinha que ter um para cada disciplina e todos tinham que ser numerados.

Em seu quarto, tudo parecia um arquivo. Os CDs em ordem alfabética, os livros, que não eram poucos, todos alinhados por estilo: literatura, suspense, contos etc. Seu quarto era simples, porém superorganizado. Se alguém tirava alguma coisa do lugar, Luiza já sabia. A organização era tanta que já arranjou problemas com seu irmão e até com sua mãe. Foi diagnosticada com TOC — Transtorno Obsessivo Compulsivo, só que não no nível grave. Só se preocupava demais em ser perfeita e um tanto simétrica. Além dos itens colecionáveis, alguns móveis também compunham o quarto. Uma cama de solteiro, um pequeno *rack* servindo de apoio a uma TV de quatorze polegadas, um espelho de corpo inteiro na parede, que também era decorada com pôsteres das bandas de *rock* preferidas de Luiza.

Os dias se tornaram fatigantes depois que Luiza completou certa fase da vida. Uma fase em que começava a querer adquirir responsabilidades e também trabalhar. Vários amigos de Luiza já trabalhavam com essa idade. Sendo assim, sentia-se um pouco atrasada em relação a eles. Procurava emprego sempre que podia, mas sentia a necessidade de se formar primeiro e adquirir experiência. O mercado de trabalho exigia isso.

Apesar de ter saído cedo de casa, Luiza chegou atrasada ao colégio devido à demora do ônibus. Morava a 20 minutos da escola, porém o trajeto era cheio de semáforos e lombadas.

— Licença!

— Entre e já vai se apresentando! — exclamou o professor com certo ar de ironia devido ao atraso da aluna.

— Me chamo Luiza. Já estudo neste colégio há algum tempo.

— Ótimo. Sente-se.

Luiza sentiu um ar de mistério e um pouco de reprovação por parte da sala. Podia ser impressão sua, mas logo que sentou ouviu um sussurro:

— Esse cara é um mala!

— Por quê, Thomas? Do que você está falando?

— Já na primeira aula ele informa aos alunos que aplicará uma prova de revisão do ano passado, para certificar-se de nosso rendimento. — Thomas usou as mesmas palavras formais do professor para explicar à Luiza.

Logo ouviu-se uma voz dizendo "silêncio" lá da frente, perto do quadro-negro. Obviamente todos respeitaram. Mas o "zumzumzum" era inevitável. *"Tinha que ser este tipo de professor logo para Matemática?* Tô ferrada!".

A aula acabou e todos saíram após o sinal. Os alunos não se conformaram. Mal as aulas começaram e já havia prova marcada.

Na saída, Alan pegou o ônibus num ponto na frente do colégio. Luiza seguiu em frente com Thomas para a rodoviária. Conversaram sem parar até que num certo ponto do caminho, ela se tocou o que estava acontecendo.

— Você está bem, Luiza?

— Claro, claro... foi só um...

— Eu fiz uma pergunta e você não respondeu.

— Está tudo bem, mas o que foi que perguntou?

— Estava falando de Mato Grosso, para onde costumo viajar. Você gosta?

— Ah, sim... bom... nunca fui para lá, mas deve ser bonito. Já vi fotos, vídeos. Realmente é lindo.

Luiza sabia muito bem o que estava acontecendo. Estava apaixonada. Sentia-se esquisita ao lado de Thomas, claro. Pensava que ele poderia ser uma má pessoa. Mas estava enganada. Estava louca por ele. E percebeu isso só agora. Esse sentimento veio de uma vez e tão forte que não podia suportar. Teve que tomar uma atitude.

Já no final do caminho, na despedida, ela sentiu uma vontade louca de dar um beijo em Thomas. Pensou, e antes que mudasse de ideia, tomou coragem e tentou beijá-lo na boca. Mas em uma fração de segundos, Thomas desviou o rosto sem deixar que o beijo acontecesse.

Luiza se sentiu rejeitada e desgostosa com a atitude. Com certa mágoa, despediu-se de Thomas sem deixar que ele percebesse sua decepção. Indo para casa, já no ônibus, ela não deu importância ao fato. Pensou que estivesse indo muito depressa com suas vontades, seus desejos, afinal de contas, havia acabado de conhecê-lo. Não queria assustá-lo.

— Alan?

— Alô? Quem é? — Alan falava sonolento.

— Thomas. Desculpe estar ligando tão tarde. Posso falar com você?

— O que é?

— Hoje Luiza tentou me beijar.

— Ah... é?

— Fingi que não percebi, mas acho que ela ficou magoada.

— Você não correspondeu?

— Não quis apressar as coisas. Nem tenho certeza se quero ficar com ela.

— Só não a magoe.

— É por isso que fugi.

— Bom, se ela está gostando de você, mais cedo ou mais tarde saberemos.

— Tá legal! Até amanhã no colégio.

— Tchau — Alan se despedia rapidamente. Thomas percebeu que ligou um pouco tarde afinal.

No dia seguinte, no colégio, Luiza estava um pouco envergonhada em relação a Thomas. Mas nem tanto, pois achou que ele não havia percebido o ocorrido, mesmo assim ficou perto de Alan o tempo todo. Precisava ficar mais perto do amigo, para que ninguém percebesse. Thomas agiu como se nada tivesse acontecido.

Conversaram sobre o feriado que viria e que todos estavam aguardando:

— Vai viajar, Alan?

— Sim. Vou para minha casa em Boracéia, no litoral Norte. E você, Thomas?

— Vou para os bailes do meu clube. Sabe como é... de graça para sócios e bem agitado.

— Qual é o clube? — Luiza não se conteve.

— O Havanas. Tem baile lá todos os dias do carnaval.

— Sei onde é, mas prefiro praia. Alan já sabia o que queria.

Luiza não gostava de carnaval. Principalmente pelo tipo de música típica. Thomas não gostava das músicas, mas gostava das festas. No clube, encontrava com os amigos, além de conhecer gente nova.

— É, amigos... então bom feriado para vocês! Tenho que ir antes que eu me atrase.

— Ótimo feriado para você também, Alan. E aproveite a praia.

— Vê se toma juízo, cara. — Thomas também se despedia.

— Então até mais.

Logo Luiza se via diante de Thomas, sozinha com ele novamente, porém agora se sentia envergonhada.

— Bom, quem sabe a gente se esbarra no carnaval, Luiza.
— É, quem sabe.
— Então, tchau.
— Tchau.

Despediram-se com um beijo no rosto. Ela sabia que ia encontrá-lo no carnaval. Estava decidida a ir ao baile do clube. Não gostava, porém não podia perder a oportunidade de conversar mais com Thomas fora do colégio, assim poderiam ficar cada vez mais próximos.

CARNAVAL

2

A primeira providência que Luiza tomou no primeiro dia de Carnaval foi sair à noite. Tinha amigos fora do colégio também e era tradição se encontrarem para uma balada num bar ou numa casa noturna de rock. Mas ela gostava mesmo é de dançar gótico e outros estilos de música dos anos 80.

Por volta das oito da noite, Luiza tomou um banho e se vestiu de preto, uma calça e uma camisa como era de costume para sair à noite. Um coturno de couro com cadarços longos nos pés compunha o look. Seus cabelos avermelhados e cacheados soltos estavam ainda molhados, pois gostava que secassem naturalmente. Optou por fazer uma maquiagem leve, apenas um rímel e um batom, coisa que Luiza só fazia para sair com amigos. Nunca se maquiava para ir ao colégio, por exemplo, diferente das outras garotas de sua geração.

A noite estava incrível. O som estava demais. Só que Luiza estava longe dali. Thomas! Era só nele que ela pensava. Os amigos perguntaram porque ela estava tão distante. Dançava, mas com a cabeça longe, parecia que nem tinha música ali.

— Luiza, algum problema?

— De modo algum. Isto é que é carnaval hein, Mike?

— Você não é a mesma. Está esquisita, mas está feliz. Dá para perceber.

— Estou apaixonada. Pela 1ª vez na minha vida. E é maravilhoso!

— Sim, amar é sempre bom. Mas ele já sabe?

— Não. Eu o conheço faz pouco tempo. Não quero precipitar as coisas.

— Cuidado para não se machucar. É só um aviso.

— Besteira! Não acredito que o amor pode machucar. É tão bom! Além disso, eu sou forte. Se ele não corresponder, fazer o quê?

— Você não sabe nada da vida, Luiza. Nada!

Luiza não ligou muito para o que Mike disse. Nunca sentiu nada parecido, mas não achou nada demais. Estava feliz e isso era o que importava. E, depois, era só falar o que sentia para Thomas, na hora certa. Se ele a amasse também, ficaria tudo perfeito.

A batida de uma música muito familiar começou a tocar baixinho e depois o som foi aumentando. Luiza ficou fascinada. *"Strangelove" do "Depeche Mode", não acredito. Não há música melhor para dançar.* Ela se "acabou" na pista de dança junto com Mike. Parecia que os dois não dançavam há séculos.

Ao voltar para casa, às 5h da manhã, parou de pensar em Thomas. Estava tão cansada que só pensava em sua cama e seu sono afinal. O dia estava começando a clarear e Luiza estava decidida a ir ao baile de Carnaval do clube à noite. Precisava descansar para encontrar Thomas mais tarde.

A rua estava cheia. Eram só 7 horas da noite e todos estavam aproveitando o feriado. O clube Havanas estava todo iluminado com grandes lustres acesos que pareciam luas cheias penduradas no teto, espalhados pelos corredores numa decoração típica de carnaval. Na verdade, era uma mistura de baile havaiano com marchinhas antigas, enfim, um alvoroço total. E o carnaval estava apenas começando...

Ao entrar no clube, Luiza não viu Thomas. Por alguma razão, já achou que ele não iria, mas no clube havia vários ambientes. Deveria procurar mais antes de tirar qualquer conclusão precipitada.

De repente, seus olhos se encheram d'água e seu coração começou a bater mais forte, como se fosse um sino gigante anunciando uma missa especial. Sentiu um arrepio dos pés à cabeça, parecia ter visto um fantasma, um nó no estômago, um frio na barriga daqueles que só se sente em montanha russa. *"Caramba, nunca senti isso na minha vida!"*. Thomas estava parado na mesa de frutas, sozinho. *"Que lindo comendo um kiwi com a boca toda melada da fruta, uma graça. Que vontade louca de beijá-lo na boca lambuzada mesmo"*.

— Thomas?!

— Oi... desculpe o mau jeito. Estava com tanta fome que mal cheguei e já fui comer. Thomas falava com a boca cheia.

— Eu te vi de longe. Faz tempo que chegou?

— Faz uma meia hora. Você não disse que não gostava desses bailes de carnaval?

— Pois é! Mas é melhor do que ficar em casa assistindo desfile na televisão. Gosto de ler bastante, só que me deu uma vontade de sair. — Luiza ficou sem graça.

— Está servida? Tem tudo que quiser aqui. Gosta de frutas?

— Adoro!

Diante da mesa, Luiza pegou uma maçã para comer. Estava se sentindo diferente, um calor tomou conta de seu corpo como se estivesse no cume de um vulcão. Queria dizer a Thomas tudo que sentia, mas não tinha essa coragem.

Depois de comer, Thomas e Luiza desceram até o pavimento inferior onde ficava a pista de dança. Estava tudo tão lindo, tão encantador, que ela nem acreditou que se tratava de um feriado que ocorre todo ano no país, onde, simplesmente, as pessoas se esbaldavam de sexo e luxúria e, inconscientemente, contraíam diversas doenças venéreas. Luiza não gostava do tipo de música que tocava, mas se divertia. Depois de uns "goles" então, se divertia ainda mais. O que importava é que estava ao lado de Thomas.

Dançaram, comeram, beberam, riram, se divertiram durante toda a noite. Já passava das três da manhã e Luiza não queria ir embora. Thomas já estava bem tonto em consequência da bebida, mas permanecia de pé. Luiza não se divertia assim há muito tempo.

— Tenho que ir, amanhã tenho coisas a fazer, logo pela manhã. Quero dizer, hoje, né?

— Ah... fica mais um pouco, Thomas. Por favor... ohhh.

— Cuidado, Luiza! Acho que você bebeu demais por hoje. É melhor ir para casa.

— Não quero ir para casa. Quero ficar aqui com você. Quero ficar com você hoje.

— Você não está em condições de ir para casa sozinha. Vou te levar e em seguida eu vou pra minha casa.

— Thomas! Você não ouviu o que eu falei? Me beija, vai. Eu quero um beijo.

Thomas parecia confuso com o que estava acontecendo, mas entendeu o que Luiza estava querendo. Pegou-a pelo braço, pôs Luiza no banco da frente do carro e foram embora. Apesar de estar no 2º ano do colégio, Thomas já sabia dirigir desde os 14 anos. Seu pai o ensinou apenas para se preparar quando chegasse a hora de tirar a carteira de habilitação, mas como todo moleque irresponsável, às vezes pegava o carro de sua mãe para dar umas voltinhas.

Outrora, Luiza explicou superficialmente para Thomas onde ela morava. Ele se lembrou de quase tudo e ela só precisou indicar sua residência. Não falaram nada durante todo o caminho. Pararam em frente à casa dela, ela saiu do carro batendo a porta com força. Thomas esperou até que ela entrasse e partiu.

O dia seguinte amanheceu nublado e com ameaça de chuva. Um tempo bem feio. Luiza não sairia naquele dia, mesmo se a notícia da previsão do tempo fosse contrária. A ressaca do Carnaval fez com que ela tivesse uma forte dor de cabeça durante dois dias inteiros. O que não imaginava é que Thomas não correspondesse à sua vontade e ela não queria acreditar que ele não a quisesse. Nem mesmo em um baile de Carnaval, naquele alvoroço todo. *"Fui uma estúpida em encher a cara e tomar coragem daquele jeito, acabei afastando-o".*

O fato é que Luiza estava triste. Gostava cada vez mais de Thomas. Não seria capaz de lidar com esse sentimento estando longe dele. *"Acho que estou amando."* O pensamento chegou lá em Mike, quando ele disse que ela não sabia nada da vida. E, na verdade, não sabia mesmo. Luiza poderia estar descobrindo o que realmente é o amor entre um homem e uma mulher. Esse sentimento tão bom, mas ao mesmo tempo perigoso e que pode provocar as reações mais adversas que existem. O amor pode gerar outros sentimentos também, bons ou ruins. Mas uma coisa é certa: ele nos dá lições. Aprendemos muito com nossos erros, acertos e também no amor. Luiza estava descobrindo isso agora.

Luiza não saiu de casa nos últimos dias do feriado. Nem na Quarta-Feira de Cinzas. Não teve coragem de ligar para Thomas depois do acontecido. Nem mesmo saberia encará-lo ao voltar para o colégio. Ficou constrangida pelo fato de ter tentado e não ter dado certo. Não queria nem pensar como Thomas agiria com ela dali para frente.

— Luiza?!

— Oi, mãe! Tá tudo bem?

— Está, mas com você parece que não, né? Está com uma cara aí, largada no sofá. Cansou de sair à noite neste feriado?

— É, não estou a fim de sair mais.

— Quer assistir um filme comigo?

— Claro! E o Leonardo, mãe? Não o vejo desde ontem.

— Ele foi para um amistoso de judô com a equipe lá em Campinas.

— Em pleno feriado?

— Quem gosta desse esporte, você sabe como é que é.

Luiza aceitou assistir a um filme épico que sua mãe gostava, só para não contrariar. Sua preferência sempre foi filmes de suspense e terror. Os filmes baseados em fatos reais então, Luiza adorava. Certa vez, assistiu a um filme sobre uma serial killer do século passado. O filme se passava na França. Luiza gostou tanto do filme que implorou para ganhar o pôster da locadora de vídeos. Felizmente, a dona da locadora já a conhecia e a presenteou com o pôster do filme sem cobrar nada. Luiza mandou fazer um quadro do pôster com o dinheiro da sua mesada. O dinheiro foi quase todo, pois só a moldura custou muito caro. Mas compensou ter um quadro daquele na parede de seu quarto.

A Quarta-Feira de Cinzas passou rápido demais. O feriado estava terminando e, no outro dia, Luiza teria que ir para o colégio. *"Será que ligo para o Alan e pergunto sua opinião sobre o que aconteceu? Ou será que ele sabe de alguma coisa, se o Thomas falou com ele?* Não, acho que não. Ele nem deve ter chegado de viagem ainda." A vontade que Luiza tinha de ir para o colégio no dia seguinte se resumia a zero. Começou a cogitar a hipótese de faltar ou emendar a semana. *"O que pode ser pior? Encarar Thomas no colégio ou emendar a semana e ele pensar que estou com vergonha ou que sou covarde? Se ele pensasse assim, estaria certo."*

3 UM AMIGO DE VERDADE

Na quinta-feira Luiza almoçou bem, lavou a louça do almoço e leu a tarde inteira. A leitura não era só um meio de conhecimento para ela: era mais do que isso. Ler proporcionava paz de espírito e inibia sua ansiedade. Levava-a a lugares incríveis e distantes como se fosse um alucinógeno. Um livro de contos de detetives a confortava naquela tarde um pouco fria e remota de fevereiro, quando o telefone tocou.

— Alô?

— Oi, Luiza! É o Alan.

— Oi! Que falta você fez neste carnaval.

— Olha, Luiza, para falar a verdade, eu não queria voltar da praia.

— Ah... imagino. E aí? Como foi?

— Ótimo. Nossa, nem te falo. Todo mundo na rua até altas horas, na beira da praia. Um calor danado. Simplesmente demais. E você, o que fez?

— Me diverti muito e passei vergonha também.

— O que você aprontou?

— Você vai para o colégio hoje?

— Vou. Quer dizer, agora vou. Quero saber o que você tem para me dizer.

— Então te vejo lá.

— Tchau. Beijo.

— Outro.

Depois do telefonema, voltou para a sua leitura, mas a concentração não era mais a mesma. *"Vou contar para o Alan o que aconteceu e ver o que ele acha... às vezes, Thomas pode ter lhe contado algo. Não vou perder as esperanças."*

— Hei! Alan? — mais tarde, na escola, Luiza cumprimentava seu amigo.

— Oi, Luiza! Que bom te ver.

Luiza estava realmente feliz em ver Alan. Sentia que ele seria seu melhor amigo. Um abraço caloroso fez com que os dois matassem a saudade. Alan não parava de falar sobre sua viagem. Apesar de viajar frequentemente, desta vez parecia ser diferente, especial. Foi então que contou à Luiza que ficou com uma menina na praia. Ela vibrou por seu amigo estar feliz. Pelo menos um deles poderia ter mais sorte no amor.

O sinal de entrada da aula tocou e nem sinal de Thomas. Na sala de aula ele não estava. Ou iria chegar atrasado, ou realmente não iria. Luiza achou melhor assim. Com a ausência de Thomas no colégio, poderia conversar livremente com Alan sobre tudo o que aconteceu. E assim foi durante o intervalo. Alan daria todo o apoio que Luiza precisasse. Tentaria até especular as intenções de Thomas, mas não agora. Segundo Alan, era melhor deixar passar um tempo até Thomas esquecer aquele dia no baile. Luiza concordou imediatamente. Um tempo para esse assunto era o melhor que Alan poderia propor.

Thomas não foi à escola na sexta também. Alan e Luiza nunca conversaram tanto. Ela estava feliz, pois Alan se tornou seu amigo de verdade. E, o que é melhor, compreendia seus sentimentos e se propunha a ajudar.

No final da semana, Alan e Luiza combinaram de comer uma pizza no *shopping* e ir ao cinema. *"Que divertido. Alan é muito engraçado. Nunca ri tanto num dia só."* O domingo passou rápido e Luiza esqueceu Thomas ao menos por dois dias. Mas a semana começaria novamente, e a rotina do colégio também...

A VOLTA AO COLÉGIO

4

O ânimo de Luiza voltou depois daquele final de semana com Alan. Ele se tornou seu melhor amigo depois de tudo que conversaram. Ela estava tão animada que acordou cedo e decidiu procurar emprego. Apanhou o ônibus, desceu no centro e pegou o trem. Desceu na estação do Brás, em São Paulo, pois no verão as lojas de confecção precisavam de mais gente para trabalhar, para vender peças de roupas. Luiza andou por todas as lojas dali com muita esperança. Andou, andou... já eram 13h e Luiza só ouvia: "Precisa de vendedora com experiência", "Você já trabalhou com roupas?", "Mas você nem tem 18 anos!". Então, andou mais um pouco até que desistiu. Apanhou o trem e foi para casa.

À noite, Luiza foi ao colégio, um pouco triste pelo ocorrido de manhã. Mas sabia que a situação não estava fácil, ainda mais para uma garota de 16 anos. Encontrou Thomas na porta da escola, cumprimentou-o e entrou para a sala rapidamente. *"Meu Deus! Esqueci completamente daquela situação que aconteceu no clube. Onde estou com a cabeça? Ele deve estar me achando uma babaca."*

— Sentem-se, todos! — O professor de Matemática entrou na sala com alguns papéis na mão. Parecia animado.

— Oi, Luiza! — Alan sorria de orelha a orelha.

— Oi, que bom te ver. Quero dizer que foi maravilhoso nosso passeio. Alan, hoje tem aula de Matemática?

— Você não lembra que o professor disse que a partir da 2ª semana de aula mudaria o horário? Ele até marcou prova para hoje. Não lembra que todos se revoltaram?

Luiza sentiu um frio na barriga. Esqueceu completamente do teste de revisão de Matemática. *"O que vou fazer agora? Não sabia nada da matéria nem na época em que eu estudava isso, imagina agora!"*.

— Luiza, você está bem? Alan achou esquisita sua reação ao falar do teste.

— Claro... claro que estou bem.

Nessa hora, Thomas entrou na sala e se sentou em seu lugar enquanto o professor entregava os testes. Terminado de entregar, todos viraram suas provas. Luiza praticamente entrou em pânico. Não sabia nada. Lembrava de alguma coisa aqui, ali, mais nada.

Quando bateu o sinal, Luiza estava já desiludida. Não tinha feito quase nada da prova e já era hora de entregar. *"Porque não 'puxei' meu pai? Meu pai é contador, se dá superbem com números. Ai... que desgraça!"*. Ao entregar a prova, nem quis olhar para o professor. Sentia vergonha. Não gostava de tirar nota baixa. Mesmo que não soubesse a matéria, esforçava-se para se sair bem. Mas o fato é que se esqueceu completamente do teste. Provavelmente pelos acontecimentos recentes.

Já no intervalo, Luiza conversava com Alan perto da cantina. Alan era bom em Matemática. Fez quase 100% da prova. Prometeu ajudar Luiza a se recuperar desse teste. Thomas se aproximava dos dois:

— Que prova fácil! Você achou também, Alan?

— É, achei.

— E você, Luiza? Fala sério, estava muito fácil.

— Thomas, como foi seu final de semana? Você não veio quinta e sexta... — Alan mudou de assunto rapidamente. Luiza percebeu e sorriu para ele de leve, sem que Thomas percebesse.

— Ah, normal. Não vim porque estava meio gripado e me sentindo fraco.

— Pensei em te ligar para irmos ao *shopping*. Luiza e eu fomos. Alan falava entusiasmado e Luiza permanecia calada.

— Ah... nem ia dar mesmo.

Alguns dias se passaram desde aquele teste de Matemática. Luiza foi um fracasso. Tirou 1,5 na prova. Só teve coragem de mostrar sua nota para Alan. A sorte é que ninguém perguntou sobre seu teste, afinal, ninguém aguentava mais falar disso. Por sua vez, Thomas tirou 9,5. *"Que droga! Thomas tem que ter algum defeito. Ele é bonito, inteligente e bom de Matemática!"*.

Luiza percebia que cada vez mais Thomas estava distante dela. Não só dela, mas de Alan também, por isso não pensou que fosse pelo fato de seu amor por ele, afinal Alan não tinha nada a ver com isso. Em alguns intervalos das aulas, no decorrer dos dias, Thomas conversava com o pessoal do 1º ano. Luiza não achava nada demais. Ele era novo no colégio e queria fazer novas amizades. Mas reconhecia que sentia falta dele, afinal, antes ele só falava com Alan e com ela.

O tempo ia passando e Luiza não pensava em outra coisa a não ser Thomas. À noite, durante o dia, no colégio, em casa. Seu sentimento por ele só crescia e, agora, tinha a absoluta certeza de que era amor. Um amor tão forte que machucava por dentro. Sentia dor por não estar ao lado dele, por não poder tocá-lo.

Já eram meados de março e nada de diferente acontecia. Luiza agora estava sofrendo como nunca por causa de Thomas. Por Thomas não corresponder ao seu sentimento, sentia-se rejeitada, infeliz. Era uma sexta-feira. A noite estava quente quando saiu do colégio. Luiza chegou em casa e o telefone tocou. Mike queria sair. Haveria uma festa daquelas que só iria terminar de manhã. Ela então dispensou-o, pois estava cansada e nem um pouco a fim de sair. Entrou em seu quarto, despiu-se e foi tomar banho. Já era tarde da noite e todos dormiam pesadamente.

Saiu do banho vestida em seu roupão. Olhou-se no espelho de seu quarto, que era bem grande e refletia seu corpo inteiro. Começou a se admirar. Sentia-se bonita naquele momento. Uma beleza bem singela, porém incomum. Seus cabelos tingidos de vermelho e encaracolados eram como um crepúsculo exibido num dia de verão, realçava seu rosto branco, pois sua pele era bem clara. Seus olhos eram escuros como jabuticaba. Não era uma beleza de se admirar de imediato, pelo menos não para os padrões estéticos da maioria, mas ao conversar com alguém, encantava por sua personalidade e inteligência, e se tornava vagarosamente bela. Soltou os cabelos, desamarrou o roupão. Levou sua mão direita até seu seio esquerdo. Começou a apalpá-lo, apertando-o bem forte. Nunca fez isso na frente do espelho. Achou sua própria atitude esquisita, mas não parou.

"Ele me pegou de jeito. Apertou meu seio bem forte. Então começou a me apertar inteira. Me apertava como se eu fosse feita para isso, intensamente. Não conseguia nem me mover de tanto tesão. Me prensou contra a parede e começou a me beijar. Sua língua alcançava todos os cantos da minha boca, como se quisesse explorá-la. Ele me lambia os lábios como se quisesse sentir meu sabor, que gosto eu tinha. Começou a tirar minha blusa. Não conseguia desabotoá-la até que enfurecido...clac! Rasgou-a com tudo. Tirou meu sutiã numa mãozada só. Começou a me lamber de baixo pra cima, da barriga até o pescoço, passando bem devagar pelos seios. Me beijava, sem parar. Me pegou pela bunda, levantou-me e começou a me prensar contra a parede parecendo querer invadir-me, movimentando-se para frente e para trás. A ereção de seu pênis era sentida perfeitamente por minha pelve, mesmo com o tecido da calça. Sua mão pegava minha cabeça e trazia para si, para seus lábios, com força, com desespero de querer me beijar. Abaixou minhas calças com tanta força que minha calcinha foi junto. Desta vez, me lambia da barriga para baixo. Minha virilha, minha vulva. O orifício da minha vagina foi surpreendido por um enorme chupão. Enlouqueci. Trouxe-o para cima beijando-o até que ele me penetrasse. Penetrou tão forte, tão fundo que senti até um nó no estômago. Não enxergava mais nada ao meu redor. Fechava os

olhos e só sentia. Seu pênis ia tão fundo e fortemente espevitado pelo meu canal vaginal. Seu corpo estava tão quente quanto o vapor de uma chaleira. Esfregava-se em mim o tempo todo até que...gritou! Gritou como um leão enfurecido. Ejaculou dentro de mim. Seu gozo escorria pelas minhas pernas parecendo queimar, de tão quente e..."

Luiza caiu no tapete totalmente nua. Bateu a cabeça na beira da cama. "*Meu Deus! Nunca tive esses pensamentos. Nem sabia que tinha a capacidade de pensar essas coisas desse jeito.*" Quando caiu em si e se levantou, sentiu que suas pernas, na altura da coxa perto da virilha, estavam totalmente encharcadas. Vestiu o roupão, foi ao banheiro e se lavou no chuveiro, só a parte de baixo e as pernas. Secou-se, vestiu-se, deitou-se. Estava meio assustada com tudo aquilo que invadiu seus pensamentos. Sua cabeça doía um pouco. De repente, foi surpreendida pelo desejo de ser possuída por Thomas e, consequentemente, foi surpreendida também por sua própria imaginação. "*Preciso dormir. Não quero mais pensar em nada por hoje.*"

PEGA DE SURPRESA

5

As semanas se passavam sem muitas novidades no colégio. Luiza com dificuldades em Matemática, porém craque em História e Língua Portuguesa. Alan se tornara melhor amigo de Luiza. Os dois conversavam muito. Tinham tudo a ver um com o outro.

Thomas, mais distante que nunca, provocava pontos de interrogação na cabeça de Luiza. *"Qual seria o motivo? Afinal, estava distante de Alan também."* Misturava-se ao pessoal do 1º ano sem hesitar, despertando uma ponta de ciúmes nela, porém, nada grave.

— Preciso te falar. — Alan estava sério e queria conversar em plena aula no laboratório de Informática.

— Falta pouco para o intervalo. Me fale depois — Luiza sussurrava sem querer chamar atenção.

— É sobre uma menina do 1º ano.

— Depois, Alan. Depois.

— Thomas gosta dela — Alan falou com um tom forte e imponente, a fim de despertar Luiza para as circunstâncias.

Luiza ficou paralisada. Imóvel. Seus olhos se encheram d'água automaticamente, mas conseguiu não chorar. Imediatamente parou de digitar, afastou o teclado do computador. O sinal tocou para o intervalo.

Finalmente, levantou-se da cadeira quando Alan a chamou para saírem do laboratório. Os alunos desciam alvoroçados pela escada com um desespero que se comparava até com um incêndio no prédio da escola.

— Olha ali. — Alan apontava disfarçadamente da porta do laboratório.

— Quem é ela?

— O nome dela é Michelle. Repara como ela olha para cá, certamente está procurando por Thomas.

Luiza não aguentou. Seus olhos já se encheram de lágrimas inevitavelmente, mas conseguiu, naquele momento e com muito esforço, segurar o choro que estava por vir. Michelle era o oposto de Luiza. Quando a viu, sentiu um certo incômodo ao se deparar com sua beleza que podia encantar qualquer um. Seus cabelos lisos e loiros na altura dos ombros caíam naturalmente harmoniosos. Seu rosto com a pele clara e uniforme se iluminava com a luz branca das lâmpadas do corredor e ressaltava uma maquiagem discreta e certamente desnecessária. Seus olhos castanhos se destacavam com as sobrancelhas totalmente alinhadas. As pernas e quadris se encaixavam perfeitamente na calça *jeans* clara e tênis cano alto da moda. Ela tinha seios bem desenvolvidos, impecáveis, num tamanho ideal, visualmente bonitos na camiseta justa. Luiza sabia que Alan não mentia ou que não estava equivocado. Thomas gostava dela realmente e era essa a resposta por seu distanciamento tão repentino e inesperado. Michelle era mais nova, nem tanto, mas o suficiente para apresentar um semblante natural de menina pura e um certo tom de meiguice. Coisa que Luiza não tinha. Nem queria ter, porém também não sabia que esse era o jeito que Thomas apreciava.

Luiza não voltou à aula de Informática após o intervalo. Seu rosto parecia um pimentão de tão vermelho devido ao tanto que chorou. Enfiou-se no banheiro e estava decidida a permanecer ali até chegar a hora da saída. Lavou o rosto, mas não fez muita diferença. Respirou fundo. Teve a ideia de ficar em sua própria sala de aula, já que todos estavam no laboratório. Se encaminhou para o andar correspondente ao recinto. O corredor estava vazio. Atravessou-o, um pouco depressa, entrou na sala e ali ficou.

A hora demorava a passar. Luiza já estava entediada de permanecer ali, mas no seu estado lastimável, pois não parava de chorar, nem passava pela sua cabeça ir a outro lugar. Queria ficar ali, imóvel, sem pensar na hora que parecia estática nos ponteiros do relógio.

— Luiza!?

— O-oi. Quem está aí? Ela enxugava as lágrimas meio sem jeito.

— Você não vai descer? O professor está explicando algo importante. — Thomas entrou na sala falando com uma expressão esquisita. Parecia saber o motivo de suas lágrimas.

— É... não sei. Não estou me sentindo muito bem. — Seu acanhamento era visível claramente, como o reflexo de um espelho.

— Bom... espero que melhore. Estou te esperando lá embaixo.

Após sair da sala, Thomas se dirigiu ao banheiro antes de voltar ao laboratório. Luiza se desmanchava em lágrimas, não podia se conter. Aquela noite seria uma das mais difíceis de sua vida. Pelo menos na parte amorosa, precisava se decidir quanto a Thomas. Não queria se machucar ainda mais, afinal o plano inicial era ser feliz com ele e estava segura disso. Precisava se preparar para o contrário. Tinha também a opção de lutar por Thomas. Isso parecia não ser muito de seu feitio, mas precisava tentar.

DESCONTENTAMENTO

6

Os dias que seguiram foram os piores da vida adolescente de Luiza. Havia tristeza em seu semblante, sem qualquer alteração de sentimentos, sem disfarces. Alan se preocupava muito com sua amiga, já que os dois se tornaram tão chegados e Luiza sempre fora tão alegre e motivada. Por sua vez, Alan não era o único. Thomas percebeu quase instantaneamente a mudança no comportamento de Luiza. Alan achava que, no fundo, Thomas sabia o que estava acontecendo. O rendimento escolar de Luiza caiu significativamente, não só em Matemática, que era seu ponto fraco, mas em História e Língua Portuguesa também. Não participava mais das aulas e agregou uma característica à sua personalidade que nunca imaginara que teria: APATIA.

Em casa não era diferente, Emília percebeu a apatia da filha, que nem comer direito queria mais. Leonardo, sempre que provocava a irmã, era intimidado e os dois acabavam brigando, o que, no presente momento, não ocorria mais. Luiza chegava todas as noites do colégio com os olhos vermelhos de lágrimas interrompidas, só até sua entrada no quarto, seu refúgio, onde desabava a chorar. Até que sua mãe não esperou mais:

— O que está acontecendo, Luiza? Suas notas caíram, você não conversa mais direito com a gente, você se isola... e esse chororô todos os dias... você pode me explicar, minha filha?

Ela só olhou para a mãe, com firmeza e intensidade, e fora tomada pelas lágrimas que há tempos não deixavam seu rosto em paz. Sua mãe a abraçou e Luiza se abriu, como um livro recém-comprado, despejando sua angústia e agonia.

Durante as aulas, Thomas fazia o possível para agradar Luiza. Puxava assunto, tentava distraí-la, como se sentisse culpado de alguma coisa. *"Com certeza ele sabia de tudo, não consigo disfarçar. Se ele sabe, por que não toma uma atitude? Por que se interessou pela Michelle? Além de ela ser linda, claro... mas o que ela tem de tão interessante?"*. Luiza evitava ao máximo que podia a presença de Thomas, o que não era difícil durante o intervalo. Diferente da sala de aula, onde Thomas se aproximava mais de Luiza, no intervalo ele só tinha olhos para Michelle. Riam juntos, sem disfarçar. Ficavam conversando em turma ou, em alguns momentos, isolados, sozinhos. Luiza faltava enlouquecer de raiva. Isso, RAIVA. A apatia estava dando lugar à RAIVA. *"Pode isso? O que acontece comigo?"*.

UM DIA APÓS O OUTRO

7

A autoestima de Luiza começava a se reerguer dia após dia. Finalmente, aceitou o convite de Mike para sair após muitas tentativas. Como seu amigo de longa data, Mike sabia como animá-la e sabia dos lugares que ela gostava, das músicas e de todo seu apreço por uma boa noite na pista de dança.

— Até que enfim você voltou à velha forma, Luiza. Cansou de ficar em casa?

— Eu tenho que seguir em frente...

— Tinha algum problema com você?

— Lembra daquele cara... que te falei outro dia?

— Sei... sua grande paixão! — Mike falou em tom de ironia.

— Pois é... não deu em nada. Eu tava meio na fossa.

— Você se esqueceu dele?

— Não... não sei como fazer isso, apesar de querer reagir, penso nele o tempo inteiro. É como se eu quisesse fugir de mim mesma para não pensar mais nele.

Mike só olhou para Luiza com um ar de lamentação, puxou a mão dela com força e continuaram a dançar, sem parar nem para respirar direito. Por algumas horas, Mike fez com que Luiza se esquecesse de Thomas completamente.

Os dias continuavam e no colégio não havia muitas novidades. Luiza procurava evitar Thomas a todo custo, que por sua vez insistia em ser seu amigo. Se insistisse em puxar assunto, Luiza o tratava com indiferença, mas sempre com muita educação, a qual aprendeu a ter ao longo de sua vida. Por outro lado, Alan, amigo de Luiza, continuava apoiando a amiga no que fosse preciso. Nos intervalos, Alan e Luiza sempre ficavam juntos, conversando o tempo todo, mesmo com Luiza concentrada na conversa alheia entre Thomas e Michelle.

A Coordenação começou a anunciar pela rádio oficial do colégio as inscrições para a prática de esportes. A atividade desportiva era uma tradição, assim como as competições realizadas fora do período de aula eram consideradas importantes atividades extracurriculares. As modalidades como basquete, ginástica rítmica e judô não podiam faltar, entre outros esportes de grande interesse estudantil. Geralmente, eram os alunos sem emprego que engrenavam em algum esporte e até tinham certo êxito, tanto no rendimento esportivo quanto na popularidade dentro do colégio. Luiza nunca se interessou por esportes. Nem por popularidade. Seu forte era aguçar o intelecto lendo muito, inteirando-se dos assuntos culturais e filosóficos, sempre com suas críticas e argumentos.

Sentada conversando com seu amigo Alan no intervalo das aulas, Luiza percebeu que, sem hesitar, Michelle levantou-se, disse alguma coisa ao pé do ouvido de Thomas e se afastou, indo em direção à fila das inscrições de modalidades esportivas. Havia uma fila extensa, muitos alunos interessados. De repente, Luiza levantou-se num súbito interesse em ver de perto aquele agito diante das inscrições. Alan achou estranho seu comportamento. Quis perguntar porque ela se interessou por isso, porque andava em direção àquela fila de inscrições, mas acabou ficando quieto. Afinal, ela estava agindo estranhamente naqueles dias.

Luiza se dirigiu à fila de inscrições para esportes e ali permaneceu, observando. Michelle estava a alguns passos adiante aguardando sua vez, até o momento em que se aproximou da professora de Educação Física. Pelo menos era o que parecia, pois Luiza não conhecia aquela pessoa atrás da mesa, o que indicava ser novata no colégio.

— Nome?
— Michelle Dias. Sou do 1º ano.
— Qual modalidade tem interesse?
— Voleibol.

Luiza olhava atentamente enquanto Michelle falava, prestando muita atenção ao que dizia, mas no fundo não entendia o que estava fazendo exatamente. Estava agindo subitamente até para si própria, sendo levada pela curiosidade, talvez.

Rapidamente, a professora escrevia em um formulário as informações ouvidas por Michelle, afinal havia muitos outros alunos para se inscrever. Entre eles, Luiza, que parecia estar interessada. Até que chegou sua vez.

— Nome?

— Luiza de Souza, 2º ano.

— Modalidade?

— Como? *O que estou fazendo. Sou péssima em esportes, nunca pratiquei nenhum, a não ser quando era obrigada a fazer isso nas aulas de Educação Física. O que está acontecendo comigo?!?...*

— Luiza?

— VOLEIBOL. Disse Luiza num tom mais alto do que esperava ao responder.

— Ok. — A professora só concordou, com aquela expressão de quem não tinha entendido nada, mas continuou preenchendo o formulário.

Mais que depressa, Luiza voltou ao encontro de Alan, percebendo que Michelle fez o mesmo com Thomas. O intervalo estava prestes a terminar.

— O que foi fazer, Luiza? — Alan perguntou bastante surpreso.

— Fiz a inscrição para Voleibol.

— Sério? Pelo pouco que te conheço sei que nunca se interessou por esportes.

— Eu sei, mas resolvi tentar uma coisa nova. Você vai se inscrever para alguma coisa?

— Não no momento. Pretendo trabalhar em breve e não vai sobrar tempo para isso. Quem sabe no futuro?

— Entendi.

Naquela noite, Luiza ficou pensativa quanto à sua atitude. Não entendia direito o que tinha feito e o porquê. Iria entrar para o time feminino de voleibol da escola, ou pelo menos para a reserva, já que não tinha nenhum histórico esportivo em seu currículo escolar. Os treinos aconteciam à tarde, três vezes por semana. Não ia sobrar muito tempo para procurar emprego ou estudar, ficar relaxando em casa apenas lendo um livro, nada disso. Iria treinar voleibol, coisa que nunca havia feito, nunca havia se interessado, uma coisa completamente nova. Conhecia algumas alunas que participaram dos treinos, mas como era de se esperar, não tinha qualquer afinidade com elas, nenhum contato. Mas nem se importou com isso, resolveu se inscrever mesmo assim. Alan até gostava de esportes, quem sabe Luiza poderia pedir algumas dicas para ele. Thomas não teve interesse em se inscrever para nada.

8 SEMPRE APRENDENDO

Quando Luiza contou à sua mãe que entrou para o time de vôlei da escola, Emília não acreditou. Não entendia o motivo, pois Luiza nunca se interessou por esportes. Diferente de Leonardo, irmão mais novo de Luiza, que aos 12 anos já colecionava diversas medalhas de judô, treinava todas as tardes no colégio e esperava realmente algum dia alcançar algum êxito em campeonatos importantes à medida que fosse ficando mais velho. Sua reação ao saber da novidade foi "cair" na risada.

— Não tô acreditando... você?!? No time de vôlei da escola? — Leonardo ria alto. Quase dava para ouvir por toda a casa.

— E por que não? Posso aprender a fazer qualquer coisa — Luiza respondia confiante.

— Acredito, sim... não quero perder um segundo dessa palhaçada. — Leonardo, com ironia, continuava a rir sem parar.

Luiza era muito apegada ao irmão. Apesar de sempre estarem provocando um ao outro, desde que Leonardo era pequeno, ela sempre o protegeu. Quando Leonardo nasceu, Luiza sentiu um certo ciúmes, afinal não estava mais sozinha. Teria que dividir a atenção dos pais, que naquela época ainda estavam juntos.

Certa vez, quando Luiza estava com apenas 8 anos, em uma viagem de família a um sítio no interior, algo inusitado aconteceu e fez com que os dois irmãos se unissem ainda mais. Era uma noite quente de verão. As poucas coisas claramente visíveis naquela escuridão eram as estrelas e os siriris que voavam em torno dos pendentes de luz. A lua também brilhava. Naquele sítio, havia um pomar enorme em volta da casa grande, com terra batida e o mato rasteiro crescendo em volta das árvores. Leonardo tinha acabado de completar 4 anos. Era muito agitado, gostava de correr para todos os lados. Os adultos, todos na varanda distraídos na conversa e após vários goles de cerveja, não perceberam que Leonardo se distanciou em direção ao pomar. Estava muito escuro para enxergarem de longe qualquer presença naquele espaço enorme em volta da casa, e mesmo que fosse possível, estavam entretidos demais entre si. Ao perceber a ausência de Leonardo, Luiza começou a procurá-lo por iniciativa própria. Conforme foi adentrando o terreno escuro, avistou seu irmão numa clareira, completamente iluminado pela luz da lua, sentado de pernas cruzadas perto de um pequeno bambuzal. Logo percebeu algo sobre sua pequena perna direita movimentando-se lentamente. Quando chegou mais perto e viu o que era, seu corpo paralisou. Uma cobra, inteiramente preta, de porte médio, rastejando vagarosamente sobre a parte de cima da coxa de Leonardo, como se apenas estivesse passando por ali, um caminho qualquer. Leonardo permaneceu parado, mas sua expressão não era de medo e sim de perplexidade, quase de curiosidade. Vendo aquela cena, Luiza simplesmente não conseguiu sair do lugar. Sua reação foi de puro pavor e egoísmo de quem nem chegou perto. Simplesmente assistiu como uma espectadora assiste a uma ópera, sem qualquer interação com o espetáculo. Aqueles minutos de observação pareciam horas intermináveis de intenso medo e apreensão. Quando finalmente terminou, após a cobra se distanciar de Leonardo e desaparecer no mato, Luiza correu em sua direção apavorada, abraçando-o e desandou a chorar. Lamentou por sua covardia, refletiu que, por sua completa falta de reação, algo muito sério poderia ter ocorrido ao seu irmão caçula. Desde então, Luiza nunca compartilhou este incidente com ninguém, assim como prometeu a si mesma proteger seu irmão de qualquer infortúnio que prejudicasse sua vida ou sua integridade dali por diante.

Emília se animou com a novidade, afinal de contas, não fazia muito tempo que Luiza estava com os sentimentos à flor da pele, uma tristeza profunda que, como mãe, nunca havia presenciado. Sair da zona de conforto faria muito bem à filha, mesmo que, para isso, houvesse uma despesa a mais, já que Luiza teria que lanchar duas vezes ao dia no colégio. Desde o divórcio, após quase 20 anos de casamento, Emília nunca ficava sossegada em relação aos filhos. Desdobrou-se praticamente sozinha durante muito tempo sustentando o desenvolvimento pessoal e a criação de Luiza e Leonardo, sempre protegendo a custódia com unhas e dentes, estremecendo de medo com a possibilidade de perder a guarda das crianças. É fato que o pai deles nunca se mostrou interessado em criá-los, apenas não dispensava que tivessem a melhor educação possível e sempre manteve sua palavra financiando o colégio e as demais despesas que envolviam os estudos, independente ou não de se tratar apenas de um acordo verbal entre as partes. Emília também acreditava que a educação era o quesito mais importante, por isso acatou o acordo, que dispensou a contratação de advogados e afins na época da separação. De qualquer forma, os irmãos nunca foram próximos ao pai, que com seu jeito seco e desprendido de emoções, não comparecia às vidas deles. Isso não significava que a saudade e a falta de uma figura paterna não importavam para ambos os filhos. Todavia, nunca compreenderam o que se passava no coração daquele que os concebeu.

A FASE OBSERVADORA

9

Após a semana conturbada e de grandes novidades na vida de Luiza, finalmente chegou o dia do início dos treinamentos no Voleibol. Depois de almoçar em casa, Luiza percebeu em si certa ansiedade. Arrumou as roupas na mochila, tanto as esportivas quanto as que vestiria para assistir as aulas após o treino, fez rapidamente dois sanduíches, apanhou o material de estudo e saiu.

Já na quadra do colégio, vestida adequadamente, Luiza se reuniu com a professora e com suas futuras parceiras de jogo. O colégio "Barão de Capelas" se orgulhava daquele espaço esportivo que poucas instituições escolares da cidade dispunham. A quadra era extensa com o piso liso revestido de cimento queimado na cor azul, propícia para qualquer tipo de modalidade. No chão impecável, sem nenhuma deformidade, havia demarcações para cada esporte e os orifícios para que os suportes de redes e afins fossem encaixados. As tabelas de basquete, novas e com pintura reluzente, posicionadas nas extremidades da quadra, não interferiam no espaço da rede de Voleibol localizada ao centro, bem como nas traves de futebol das duas pontas. Na lateral direita, havia espaço suficiente para a instalação de arquibancadas móveis em dias de jogo, com capacidade para aproximadamente duzentos espectadores. À esquerda, em uma grande abertura na parede, encontravam-se as escadas de saída para o pátio, que ficava no piso superior. O teto dispunha de telhas translúcidas de polipropileno, garantindo assim que a luz natural penetrasse no ambiente e permitia, para quem estivesse lá em cima no pátio, a visão determinante de cada movimento na quadra. Na extremidade da parede, ao lado esquerdo, já fazendo divisa com o muro de acesso à rua e logo após o acesso às escadas, situavam-se os vestiários feminino e masculino, que contavam com armários de ferro individuais logo na entrada, seguidos de um corredor longo envolto de boxes com chuveiros e sanitários.

Houve uma rápida apresentação, já que a maioria era veterana no esporte. Dentre as novatas estavam Michelle, que ingressou no colégio naquele ano, a professora Kelly, que acabara de ser contratada e a própria Luiza, que apesar de estudar no colégio praticamente desde o início de sua vida acadêmica, era iniciante nos esportes. Algumas das meninas naturalmente estranharam a presença de Luiza na quadra. Viam-na nas dependências do colégio, sempre de longe, pois não mantinham qualquer amizade com ela ou com qualquer um de seu ciclo social. Primeiramente, a professora se prontificou a conhecer melhor suas novas aprendizes. Houve o reconhecimento das habilidades, para definir o nível de cada jogadora e as posições que mais se adequavam a cada uma. A maior parte das presentes já sabia o procedimento. Quase todas apresentaram suas capacidades com a técnica, que era esperada depois de muito treinamento. Até que chegou a vez de Michelle, que mostrou seu saque e seus toques com bola interagindo com a equipe.

— Foi muito bem! A professora se empolgou com a habilidade de Michelle.

— Eu costumava jogar no colégio onde estudava quase todos os dias. Ela se manifestou acanhada, deixando claro que apenas relatava um fato despretensiosamente.

— Ótimo, assim vai se integrar à equipe facilmente.

A vez de Luiza se aproximava e cada vez mais ela pensava o que estava fazendo ali, naquele ambiente nada familiar, desconfortável por assim dizer. Ao pegar a bola, iniciou a jogada a pedido da professora com um saque. A bola não passou para o outro lado da quadra. Luiza sentiu um nó se formando em seu estômago, que vinha de seu âmago mais que profundo, causando uma aflição que há muito não sentia. As outras riram discretamente, sem deixar que a professora percebesse. Logo em seguida, como de praxe, Luiza demonstrou alguns toques coletivos com a bola. Felizmente nada seria pior que o saque efetuado anteriormente. Porém cada passe de bola de Luiza se mostrava sem força alguma ou sem qualquer técnica, gerando um desconforto e constrangimento alheio ao grupo ali presente.

— Com que frequência você tem treinado... Luiza, certo? — a professora Kelly perguntou interrompendo os treinamentos com bola.

— Nunca joguei — Luiza foi seca e objetiva ao responder.

— Depois de todos esses anos, por que se interessou? Algum motivo especial?

— Simplesmente quero aprender algo novo.

— Certo. Por causa da diferença de nível em relação às outras, por enquanto será da reserva, mas treinando frequentemente. Assim, com bastante dedicação, ficará cada vez mais familiarizada com o vôlei, ok?

— Ok. — Luiza concordou com indiferença.

Obviamente, Luiza omitiu a principal justificativa que a motivou a jogar pela primeira vez na vida. Tomou a decisão subitamente por causa de Michelle. Não sabia direito o que estava fazendo ali, mas tinha total consciência de como tudo ocorreu, mesmo que instintivamente.

Não demorou muito para o término do treino. Só as apresentações e demonstrações de jogadas com bola já percorreram quase toda a tarde. No restante do tempo em que ficou na quadra, Luiza somente observou as jogadas das colegas com a professora ao seu lado explicando cada toque ao pé do ouvido. Quando se deu conta, Luiza só tinha olhos para Michelle. Cada gesto, cada contato que tinha com a bola, cada interação, cada sorriso. *Não sei se vou suportar conviver com ela deste jeito, tolerando sua insuportável existência, perfeita em tudo que faz, em tudo que toca. Tento ao menos desviar o olhar para as outras, sem sucesso. Estava determinada a descobrir o que Thomas enxergava nela e como direcionar sua atenção para mim novamente.*

Ao final do treino, todas se direcionaram para o vestiário feminino, afinal de contas, dali a pouco estariam nas suas devidas salas de aula em mais uma noite habitual de estudos.

Já passava das 19h quando o sinal tocou anunciando a segunda chamada aos alunos para o início das aulas. Luiza se encontrou com Alan no pátio, antes de entrarem para a sala.

— Conta aí, Luiza, como foi hoje seu primeiro dia no vôlei? — Alan se mostrou interessado.

— Nada demais. Acho que vou acabar gostando com o tempo. Preciso mesmo é melhorar minha técnica. — Luiza sorria com um tom de ironia para Alan, que retribuiu.

Durante a aula Thomas, que se sentava relativamente próximo à Luiza, tentava em vão chamar sua atenção. Ao menos conversar um pouco, pois outrora, no início daquele ano, haviam se aproximado consideravelmente, concluindo que, de qualquer forma, seriam amigos. Mas logo desistiu. O tempo passou depressa quando o sinal tocou novamente indicando o tempo do intervalo. Como de praxe, Luiza saiu da sala acompanhada de Alan. Thomas, logo atrás, deu um toque de leve em seu amigo. Alan retribuiu com outro toque mais forte, rindo para Thomas, que já andava apressado em direção ao pátio. Luiza sorriu de lado com desdém para Alan, que entendeu prontamente sua reprovação. Nada adiantava ser feito para que Luiza voltasse a se relacionar com Thomas como amiga que um dia fora. Já sentados em uma pequena escada de cimento perto da cantina, Luiza e Alan conversavam e observavam as pessoas indo e vindo. Obviamente, Luiza não tirava os olhos de Thomas e Michelle que, ao longe, conversavam intimamente. As estrelas e a lua iluminavam aquela noite, permitindo admirar sua beleza naquele pátio a céu aberto. Mas nada disso chamou a atenção de Luiza quando repentinamente Thomas e Michelle se beijaram. Luiza abaixou a cabeça disfarçadamente já com olhos d'água... e um nó no estômago insuportável. Sabia que aquilo poderia acontecer a qualquer momento. De qualquer maneira, não estava nem um pouco preparada. Levantou-se e se despediu de Alan, alegando que não se sentia muito bem. Andou apressadamente em direção ao banheiro, mas desviou o caminho rumo à sala de aula. Quando o sinal tocou indicando o fim do intervalo, pegou suas coisas, misturou-se à multidão de alunos que retornavam, caminhou até o portão de saída e discretamente partiu, sem avisar ninguém. Após o trajeto de 20 minutos de ônibus até sua casa, que pareceu uma eternidade, Luiza entrou silenciosamente sem despertar a atenção de sua mãe, que assistia a TV deitada em seu quarto, e sem se preocupar com Leonardo, que habitualmente dormia cedo. Após finalmente chegar em seu antro de reclusão, guardou a mochila, tirou a roupa, colocou o pijama e se deitou em sua cama, dando início ao pranto desesperado e amargurado que seguiu noite adentro.

10 O PRANTO É O LIMITE

No dia seguinte, naquela sexta-feira quente e atípica para o mês de abril, Luiza acordou um pouco tarde, por volta das 11h da manhã. Ao se olhar no espelho, em um primeiro momento assustou-se com o inchaço de seus olhos, mas depois só lamentou. Ficou razoavelmente satisfeita em não ter que dar explicações a ninguém, pois sua mãe já havia saído para trabalhar enquanto Leonardo estava no colégio. Em um primeiro momento, cogitou faltar ao treino e à aula, porém isto seria estranho após sua saída repentina da escola na noite anterior. Decidiu comparecer mesmo após o ocorrido e com sua autoestima seriamente abalada. Aquela grande tristeza havia voltado e as esperanças em relação a Thomas quase desapareceram por completo. Após as ações rotineiras do período da manhã de um dia normal da semana, Luiza saiu de casa em direção ao colégio, porém sem almoçar, pois perdera completamente o apetite. Chegou mais cedo e seguiu direto para o vestiário. Enquanto trocava de roupa, ouvia aos poucos as outras meninas chegando. Catarina, do terceiro ano, a garota mais influente entre todas do vôlei, foi a primeira a entrar. Como de costume, virou a cara quando se deparou com Luiza no recinto, seguida das outras meninas. Luiza não dava a menor importância. Tinha absoluta certeza de que de todas as suas questões existenciais, a falta de popularidade e amizade por parte daquelas atletas do vôlei era a mais frívola. Não pensava em mais nada além daquele beijo que presenciara. Michelle, a última a chegar ao vestiário, cumprimentou todas de longe, como fazia comumente com toda a educação possível. Apesar de seu pouco interesse em fazer amizade, Michelle recebia investidas por parte de Catarina que, por sua vez, insistia em se aproximar. Prontamente era correspondida gentilmente por Michelle, o que dava a entender que poderia ser o início de uma amizade entre elas. E, como de costume, Catarina influenciava as demais a fazer o mesmo. Com a chegada da professora Kelly, deu-se início ao treino. Foram separadas em pares para treinar toques e passes com bola. Como a professora escolheu as duplas, justo Catarina foi a escolhida para fazer par com Luiza, e Catarina imediatamente bufou de raiva. Obviamente a professora Kelly percebeu e a repreendeu na mesma hora. Porém, houve um indigesto diálogo durante os exercícios.

— O que você está fazendo aqui, afinal? — Catarina dizia enquanto jogava a bola em direção à Luiza sem chamar atenção das demais.

— Eu não devo explicações a você. Sou aluna e tenho tanto direito quanto qualquer outra a participar disso aqui. — Luiza já não tinha paciência para responder.

— Saiba que não vou me atrasar no meu treinamento para te ajudar no bê-a-bá do vôlei. Isso é totalmente injusto. Você deveria desistir, facilitaria a vida de todas nós.

— Me parece que isso não é você quem decide, certo? — A ironia de Luiza irritava Catarina mais que o normal, porém seguiam sem parar de treinar, apesar daquela conversa enfadonha.

Após algum tempo, houve a troca das duplas e Luiza interagiu com as outras meninas que, por sua vez, eram tão ríspidas quanto Catarina. Porém, nada diziam. Apenas a tratavam com indiferença. Em um dado momento, a professora Kelly interrompeu o treino para que todas pudessem descansar. Luiza se sentou separada das outras, mas não distante o bastante para que pudesse ouvir a conversa. Catarina dirigiu-se à Michelle perguntando carinhosamente sobre o beijo em Thomas, pois todos haviam visto. Todas as meninas sorriram em aprovação. Michelle, com um sorrisinho tímido e confiante, comentou com Catarina que aquele foi seu melhor dia do ano e que estava apaixonada por Thomas. Todas vibraram por Michelle, tanto que a professora Kelly chamou a atenção delas. Após baixarem o tom da conversa, Luiza ouviu por acaso Michelle revelando às garotas que Thomas e ela planejavam se encontrar fora do colégio, já na semana que vem, mas para isso, faltariam à aula após o treino de vôlei. Luiza mais uma vez ficou arrasada, mas ao mesmo tempo com raiva. Já não aguentava mais aquela tortura. Por um momento refletiu se seria possível mudar de escola ou até mesmo de cidade. Nunca havia passado por tanta coisa negativa e tantos sentimentos conflitantes.

Logo após o treino e uma chuveirada rápida, Luiza se dirigiu à sala de aula. Decidiu esperar o início da primeira aula sem ficar vagando pelo pátio esperando por Alan. Mas, assim que chegou, Alan foi logo questionando Luiza.

— O que houve ontem? Voltei do intervalo e não te achei pelo resto da noite — Alan falou com certa rispidez.

— Eu disse a você. Não estava passando bem e resolvi ir para casa.

— No meio das aulas? Sério mesmo? Sem avisar ninguém?

— Qual o problema, Alan? Não foi nada demais.

— Fale por você. Fiquei muito preocupado. Cheguei a perguntar para todos se haviam te visto. Quase te liguei quando cheguei em casa. Só não o fiz porque já era tarde da noite.

— Me desculpe, ok? Só queria ir para casa o mais rápido possível.

— O Thomas também ficou preocupado.

— Isso não me importa nem um pouco. Aliás, nem acredito nisso. No mínimo estava só curioso para saber onde eu estava.

— Não vai me contar o que aconteceu? — Alan não acreditava nem um pouco em Luiza. É claro que tinha um palpite forte, afinal todos ficaram sabendo daquele beijo durante o intervalo.

— Não há nada para contar. — Luiza finalizou a conversa sem dar brecha para Alan continuar.

Assim que se calaram, Thomas entrou na sala seguido do professor de História, que imediatamente iniciou a aula. Thomas, ao sentar-se, virou-se em direção à Luiza esperando em vão um gesto de cumprimento. Luiza apenas disfarçou e virou a cabeça na direção contrária. No intervalo das aulas daquela noite, a impressão de Luiza se confirmava. Thomas e Michelle estavam juntos de novo, sem segredos, o que poderia ser o início de uma relação entre eles. Não poderia se abalar e sair correndo toda noite. Além de despertar estranhamento, prejudicaria totalmente seu rendimento escolar. Decidiu ser forte, apesar da dificuldade. Engoliu o choro e a agonia daqueles momentos que pareciam durar uma eternidade.

Ao voltar para casa sozinha, pois há muito não fazia o trajeto de retorno com Thomas, Luiza desceu do ônibus perto de sua casa. Ao caminhar naquela noite fresca e de céu limpo, resolveu prosseguir por outro caminho, que há muito não fazia. Enquanto andava pela calçada, um barulho chamou sua atenção. Percebeu que aquele som estranho vinha de um portão pequeno, mas a vista interior era de um grande quintal. Havia música, dança, pessoas com vestimentas peculiares, gestos e rituais muito diferentes de tudo que já presenciara. A noite iluminada pela lua cheia parecia fazer parte de tudo cumprindo seu papel místico. O terreiro de terra batida era fortemente pisado, levantando assim uma poeira espessa. Todos pareciam interagir, porém cada um em sua individualidade, já que pareciam estar em transe. As velas acesas de diferentes cores e as imagens expostas faziam parte do cenário. O discurso não parecia propriamente proferido, já que Luiza nada entendia. Quanto mais espionava, mais sua curiosidade era aguçada. Sem perceber, observava o interior do terreiro por algum tempo ali, imóvel. Até que, por trás de seu ombro, alguém lhe tocou.

— Ai, meu Deus! — Luiza gritou.

— Quem é você? Por que está espionando meu portão? Um homem alto, moreno e de cabelos encaracolados e expressão marcante lhe abordava.

— Me desculpe, senhor. Não estava espionando. Somente fiquei curiosa. O barulho chamou minha atenção. Mas já estou de saída. Por favor, me perdoe!

— Não gosto que ninguém espione meu quintal. Isso não se faz! Qual é o seu nome?

— Eu já estou de saída. Mais uma vez, me desculpe. — Luiza só pensava em se livrar do homem e correu rumo à sua casa.

— Hei?!?! — O homem chamou Luiza antes que desaparecesse. Ao se virar, Luiza permaneceu imóvel, até que o homem disse bruscamente: — Se quiser, pode voltar qualquer dia. Será bem-vinda.

Luiza, sem dizer uma palavra sequer, virou-se e começou a caminhar mais que depressa. Enfim, desapareceu sem olhar para trás.

O ATO (PARTE 1)

11

O final de semana passou bem rápido sem nenhuma novidade. Luiza ficou em casa a maior parte do tempo. Leu, escutou música, assistiu filmes e conseguiu relaxar um pouco, apesar do pensamento estar no novo casal do colégio. No domingo à noite, enquanto preparava sua mochila com as roupas do vôlei e o material escolar, Luiza se lembrou daquele homem do terreiro, do susto que levou e de tudo que presenciou. Realmente ficou impressionada com aquilo tudo. Para quem é de fora, causa certa curiosidade e certo medo. Durante o jantar, continuou pensando nisso até a hora de dormir.

Já no colégio, naquela segunda-feira nublada, porém abafada, Luiza foi a última a chegar ao treino, que estava prestes a começar. Trocou de roupa rapidamente e adentrou a quadra sob o olhar de reprovação da professora. Com um sorriso sem graça, começou a se aquecer com as outras garotas. Tudo corria bem na medida do possível, até que durante o intervalo, sentada na arquibancada da quadra, Luiza ouviu Michelle falar com Catarina e suas amigas:

— É amanhã! Estou tão nervosa, gente! — Michelle contava com certo entusiasmo ansioso.

— Nossa, Michelle! Isso é tão empolgante. Onde o Thomas irá te esperar depois do treino? — Catarina queria saber mais detalhes.

— A um quarteirão do portão do colégio, para não levantar suspeitas. Terei de dar um tempo após o treino e esperar a hora da entrada da turma da noite. Assim posso me misturar com os outros alunos e sair sem que ninguém perceba.

— Isso é demais! Vocês pensaram em tudo! — Catarina vibrava junto com as outras.

— Vou fazer uma rotina diferente amanhã. Assim que o treino acabar, primeiro vou até a cantina comer alguma coisa, só para enrolar mais. Depois, tomo um banho e demoro um pouco no vestiário, só para não subir direto em direção às salas com vocês, como faço todos os dias. Assim fico por aqui mesmo. Isso vai facilitar minha saída sem ninguém perceber.

Michelle estava mais que decidida a matar aula no dia seguinte para se encontrar com Thomas. De fato, ela estava empolgada. Dava para perceber que aquilo, para ela, era como se fosse um grande acontecimento, um evento de grande importância. E Luiza, que tinha ouvido toda a conversa, desta vez não se entristeceu, pelo menos nem tanto a ponto de chorar. Tampouco ficou surpresa, já que havia escutado um murmurinho sobre esse encontro na semana passada. Mas, obviamente, isso não lhe agradava nem um pouco. Quando o treino acabou, já na porta da sala, Luiza pôde observar Thomas conversando com Alan todo empolgado, certamente contando os detalhes de sua pequena aventura com Michelle. Luiza observava de longe e há muito percebia que Thomas costumava confidenciar com Alan sobre seu relacionamento amoroso. Era comum os dois conversarem em momentos aleatórios, quase discretamente quando Luiza não estava presente. Alan também, como bom amigo de Luiza, era sempre discreto. Não tocava nesse assunto, principalmente para não magoá-la. Durante o intervalo das aulas, já no pátio, Luiza observou que o céu se abriu, com uma lua brilhante e cheio de estrelas, apesar de aquele dia ter amanhecido nublado. Também observou que Thomas e Michelle, como sempre juntos, não estavam sozinhos desta vez. Um grupo de amigos da sala de Michelle se juntou a eles em uma conversa animada e calorosa. Pareciam muito próximos, como se conhecessem há um bom tempo. Pelo visto, era oficial o namoro. Em um período curto de tempo já tinham amigos em comum, como um casal assumido. Não iria demorar muito para que Alan se juntasse a eles e, para o desalento de Luiza, inocentemente Thomas iria tentar aproximá-la de Michelle num futuro próximo. Afinal de contas, Thomas, que desde o princípio daquele ano letivo era colega de Luiza e agora considerava uma amizade por ela, não sabia nada sobre o sentimento dela por ele. Pelo menos não sabia sua real intensidade.

Ao voltar do colégio, naquela noite de clima agradável, Luiza não se conteve e, ao descer do ônibus, seguiu em direção à sua casa, mas novamente por aquele mesmo caminho de outrora, pela rua do terreiro. Ao se aproximar daquele pequeno portão, de novo parou para espiar, aproveitando que ninguém estava por perto e a rua estava deserta. Desta vez, com mais cuidado, ficou ali por um bom tempo. Ao assistir às pessoas, ficava cada vez mais curiosa em relação a tudo que testemunhava. Homens e mulheres juntos, mas cada um em seu transe individual. Velas coloridas, imagens por toda parte, todo aquele ritual que já havia presenciado. Mas, desta vez, Luiza reconheceu o homem que a surpreendeu na outra noite, como ele havia dito, o dono da casa. Estava bem no centro daquele quintal de terra batida. Um enorme vaso de barro, exposto ali a seus pés, com certeza tinha um objetivo na percepção de Luiza, que agora estava quase hipnotizada. Aquele homem alto, moreno e de cabelos encaracolados segurava uma galinha preta viva e dizia algumas palavras, no entanto Luiza não conseguia entender bem. Inesperadamente, a galinha foi degolada em um só movimento. O sangue vermelho vivo jorrava para dentro do vaso enquanto a galinha ainda se debatia. Luiza tomou um susto e, de repente, como se um estalar de dedos tivesse acontecido bem na sua cara, "despertou". Imediatamente saiu mais que depressa dali e correu para casa. Mais tarde, já em seu quarto, deitada na cama, demorou para dormir. Foi difícil tirar aquela cena da cabeça.

No dia seguinte, Luiza chegou à quadra da escola atrasada de novo, mas desta vez o treino já havia começado. Mais que depressa, Luiza se trocou e começou a treinar com as outras garotas, sem nem mesmo ter feito o aquecimento. Todas estavam bem empolgadas, mas Luiza sabia que nada tinha a ver com o vôlei, e sim com o encontro de logo mais entre Michelle e Thomas. Nenhuma das meninas estava concentrada no treino, o que fez a professora se irritar e mostrar rispidez. O fato de Luiza ter se atrasado não contribuiu muito para que o humor da professora melhorasse. Naquela tarde quente e úmida, o treino até que passou bem rápido. Todas seguiram para o vestiário como de praxe, exceto Michelle, que havia planejado comer alguma coisa na cantina antes de se arrumar. Aproximadamente meia hora depois, todas já haviam tomado banho e estavam prontas para lanchar, seja na cantina ou algo que haviam trazido de casa eventualmente. Quando estavam subindo, Michelle estava retornando e cruzou com as garotas nas escadas, que comemoraram mais uma vez a pequena aventura do casal. Michelle entrou no vestiário já deserto. Apanhou a toalha em seu armário, tirou a roupa e entrou no chuveiro. Demorou mais do que de costume, já que havia tempo suficiente até o turno da noite. Quando terminou o banho, após se secar, enrolou a toalha no corpo e saiu do box. Foi quando algo chamou sua atenção.

Estava lá, bem no corredor entre os boxes dos chuveiros. Simplesmente seus olhos não acreditaram no que viram. Uma galinha preta praticamente em pé apoiada na parede do fundo do corredor, com a cabeça caída e ainda ligada ao corpo. Havia sangue por toda a parte, não em demasia a ponto de encharcar o chão do banheiro, mas o suficiente para colorir toda a cena de vermelho, incluindo as penas e um pedaço de papel preso no bico da galinha escrito "Michelle", com aquele mesmo sangue. Velas pretas e vermelhas acesas em torno da ave morta iluminavam o cenário.

Ao se deparar com aquela visão terrível, Michelle soltou um grito alto, agudo e desesperado de pavor. Imediatamente saiu correndo do vestiário com o corpo úmido, enrolado na toalha, clamando por socorro. Subiu as escadas da quadra em direção ao pátio, gritando para quem pudesse ajudá-la. Quando avistou a professora de vôlei conversando com o coordenador da escola, correu em sua direção. Chorando muito e ainda desesperada, Michelle tentava relatar o ocorrido:

— Me ajudem, por favor... tem uma coisa no vestiário! Por favor, venham... é horrível e está escrito meu nome. Michelle soluçava de tanto chorar.

— Michelle, o que aconteceu? Tente se acalmar, por favor. Não estou entendendo nada! — A professora Kelly tentava entender o ocorrido.

— Por favor... me ajude! — Insistia Michelle.

— Acalme-se, moça! Vamos ver o que está acontecendo — dizia o coordenador, meio confuso e abismado com o que via.

A esta altura, Michelle chamou a atenção de funcionários e alguns alunos do período noturno que já haviam chegado. Todos olhavam Michelle perplexos, enrolada só com uma toalha, chorando e gritando, clamando por ajuda. Acompanhada da professora Kelly e do coordenador, Michelle seguiu um pouco mais calma em direção ao vestiário. Quando chegaram ao recinto ainda vazio, não havia nada lá. Apenas o corredor entre os boxes vazio e escorregadio devido à umidade provocada pelo vapor e respingos. Michelle, perplexa, nada entendia, assim como a professora Kelly e o coordenador. Após se acalmar, começou a descrever com detalhes o que vira logo que saiu do chuveiro. Pasma, a professora Kelly não sabia o que dizer. Apenas consolava Michelle, que ainda chorava muito e, ao mesmo tempo, não compreendia como a galinha e as velas havia sumido. Enquanto o coordenador ligava para os pais de Michelle, Kelly ajudava-a a se vestir. Logo em seguida todos seguiram para a diretoria, onde Michelle permaneceu até seus pais chegarem.

— Michelle, por favor, pode esperar no corredor enquanto conversamos com seus pais? — perguntou a professora Kelly.

Abalada e cabisbaixa, Michelle se dirigiu ao corredor do lado de fora da diretoria, enquanto seus pais aguardavam já no interior da sala.

— O que houve com nossa filha? — perguntava a mãe de Michelle um pouco confusa.

— Aconteceu uma coisa muito estranha com sua filha, senhora. Receio que deveriam procurar ajuda profissional. Explicava o coordenador.

Enquanto a professora Kelly descrevia o ocorrido, os pais de Michelle ouviam boquiabertos. Abismados com tudo aquilo, agradeceram à professora e ao coordenador por tudo que fizeram e levaram Michelle para casa.

Naquela noite, durante a aula, o assunto era unânime. Afinal de contas, não é todo dia que se vê uma menina correndo, chorando e gritando só de toalha pelo colégio. Luiza procurava não se intrometer nas conversas, evitando a todo custo. Alan até chegou a perguntar para a amiga se havia notado algo estranho em Michelle durante o treino de vôlei, mas Luiza respondeu somente "não". Thomas não compareceu à aula, obviamente em razão de seu encontro com Michelle. Provavelmente, mesmo depois de toda a balbúrdia, ele não soube de nada e poderia estar esperando Michelle naquele instante, ansioso devido ao seu atraso. No intervalo, notava-se que o assunto "Michelle correndo de toalha pela escola" se multiplicou, e já se ouviam rumores em todas as turmas. No pátio lotado, Luiza percebeu o grupinho de Catarina do vôlei gargalhar ao falarem sobre o ocorrido com Michelle. Obviamente, a falsidade imperava ali, já que durante os treinos, Catarina e as outras demonstravam amizade e simpatia por Michelle, vibrando com o encontro amoroso com Thomas. Ao se deparar com a cena, Luiza observou atentamente não só a falta de empatia quanto a crueldade das meninas do vôlei.

Na manhã daquele mesmo dia Luiza, acordara bem cedo. Escovou os dentes e se arrumou. Apanhou uma velha mochila de napa que tinha há muito tempo, porém quase não usava, pois era grande e pesada demais para o dia a dia. Cumprimentou sua mãe, que estava se aprontando para o trabalho, e saiu. Emília estranhou ao ver a filha saindo tão cedo, mas nem deu importância.

Ao chegar em uma avícola no bairro vizinho ao seu, Luiza pediu uma galinha preta inteira, com as penas e a cabeça, já abatida. A vendedora perguntou insistentemente se ela não preferiria já depenada, para facilitar no cozimento. Luiza respondeu impacientemente que não, pagou pela galinha, colocou-a já embalada em um grande saco na mochila e saiu rapidamente. Rumou para uma loja de artigos religiosos e comprou três velas vermelhas e três pretas. Ao chegar em casa, sua mãe já havia saído. Respirou aliviada, já que seu irmão estava no colégio. Arrumou as coisas para o treino e o material para a aula. Comeu algo e, de repente, percebeu que já estava atrasada para o vôlei. Saiu levando, além do habitual, uma faca, fósforos e a mochila de napa.

No final do treino de vôlei, Luiza estava suando mais que o normal. Encaminhou-se para o vestiário com todas as meninas, exceto Michelle, que tinha subido ao pátio para lanchar. Tomou um banho de cinco minutos, se trocou rapidamente e saiu. Todas ainda estavam nos boxes e, devido ao barulho das duchas e ao alto vozerio, nem perceberam a ausência de Luiza, que, ao invés de subir para o pátio após o banho, escondeu-se atrás das arquibancadas da quadra vazia. Cerca de vinte minutos depois, Luiza conseguiu ver, através dos vãos dos assentos de madeira, as meninas saindo do vestiário numa empolgação só. Nem sequer olharam em sua direção ou desconfiaram de algo. Logo em seguida, Michelle apareceu na quadra e entrou no vestiário. Enquanto Michelle estava no banho, Luiza entrou de fininho. Apanhou na mochila de napa o saco grande que embalava a galinha e com ele forrou o chão ao fundo do corredor entre os boxes. O plástico fazia barulho, mas o som da ducha ligada abafava qualquer ruído. Posicionou a galinha em cima, de modo que ficasse meio apoiada na parede, para parecer que estava de pé. O coração de Luiza batia tão forte que parecia prestes a sair de seu corpo. Apanhou a faca, cortou a ave com cuidado na região do abdômen; um corte não muito profundo, pois o objetivo era lambuzar o plástico, as penas e a cabeça da galinha e não sujar o corredor inteiro. Com um pouco de sangue, escreveu "Michelle" em um pedaço de papel e prendeu-o no bico da ave toda suja de vermelho. Pegou os fósforos, acendeu as velas e, com um pouco da parafina derretida, colocou as velas em cima do plástico, que também derreteu rapidamente. Ao perceber que as velas colaram no chão do vestiário, o coração de Luiza disparou e ela suava como nunca, mas mesmo assim acendeu todas e posicionou-as em volta da galinha. *O cenário estava armado!* — pensou. Discretamente, saiu e se escondeu novamente atrás das arquibancadas. Alguns minutos depois, Luiza assistia atentamente em seu "esconderijo" Michelle correndo e gritando só de toalha, em direção ao pátio. Quando Michelle sumiu de suas vistas, Luiza rapidamente entrou no vestiário. Apagou as velas, umedecendo os dedos para não formar ou exalar cheiro de fumaça, recolheu o saco de modo que embalasse todos os objetos, tomando um cuidado estrondoso para não sujar nada ou deixar qualquer vestígio. Pegou a faca e raspou o pouco da parafina que estava colada no chão. Limpou tudo e enfiou o saco em sua mochila de napa. Rapidamente voltou a se esconder. Presenciou o momento em que Michelle voltava na companhia da professora e do coordenador. Esperou, esperou uma eternidade escondida, suando frio e pacientemente. Quando teve certeza de que se encontrava novamente sozinha na quadra, pegou tudo e saiu discretamente, a fim de aguardar o início da primeira aula daquela noite. Voltando para casa, após o sinal da saída, seguiu em direção à rodoviária e apanhou o ônibus. Assim que saiu do coletivo, Luiza avistou uma caçamba de lixo a alguns quarteirões de sua casa. Aproximou-se, olhou em volta a rua deserta e descartou o saco plástico com o que havia dentro. Respirou aliviada. A caçamba estava tão cheia a ponto de não fazer a menor diferença descartar mais alguma coisa ali. Virou as costas e seguiu seu caminho tranquilamente.

O ATO (PARTE 2)

12

Alguns dias se passaram após o incidente com Michelle, mas não o suficiente para cair no esquecimento. Comentava-se e muito sobre o ocorrido, mesmo porque Michelle não foi vista mais na escola desde aquele dia. Thomas, que ficou sabendo de tudo posteriormente, não entendeu nada. Os rumores chegavam a seus ouvidos sem muita precisão e, quando ligou para saber notícias, a mãe de Michelle, ao atender o telefone, disse que ela não queria falar com ninguém naquele momento. Todos eram unânimes em achar que aquilo a abalou demais. Em consequência disso, Thomas voltou a se juntar com Luiza e Alan no intervalo das aulas. Luiza estava nas nuvens, obviamente, pois tudo era como no início. Thomas por perto todo o tempo, porém meio tristonho. Mas, para Luiza não importava. Ele estava de volta e ela estava mais feliz que nunca. Até no vôlei começou a se empenhar e treinar para valer. A professora e todas as outras garotas se surpreenderam com a evolução dela, especialmente nas cortadas fortes. Os treinos se mostravam cada dia mais eficientes para Luiza, que pegou gosto pelo esporte. Nas matérias escolares, Luiza também demonstrava grande afinco em tirar boas notas, e conseguia, no final das contas. Tudo ia às mil maravilhas. Entretanto, todo esse esforço no colégio deixou Luiza totalmente reclusa fora dele. Não saía mais com os amigos. Há tempos não via Mike, seu amigo de baladas. Em casa, a reclusão se repetia. Mal conversava com sua mãe, que trabalhava muito e sequer notou o afastamento da filha. Seu irmão Leonardo sim, sentiu a desunião entre os dois. Luiza parecia sempre estar irritada e mal chegava perto dele. Sua indiferença despertou a atenção do irmão, que começou a desconfiar que algo estava errado.

Um dia da semana qualquer, Luiza se apressava para o treino e, quando chegou na quadra, Michelle estava lá. Havia voltado. Estava um pouco cabisbaixa, mas conversava normalmente. Outrora, a professora Kelly instruiu as meninas a não perguntarem nada sobre o ocorrido, pois Michelle ainda estava muito abalada. Alertou também sobre o vestiário, de forma a não deixarem Michelle sozinha na hora do banho, pois seria doloroso para ela voltar e permanecer no local onde tudo aconteceu. Seus pais haviam ligado informando que ela estava fazendo acompanhamento psicológico e psiquiátrico, e que voltaria ao colégio, mas com cautela.

Enquanto as meninas conversavam afetuosamente com Michelle, Luiza espiava enojada àquela situação. A falsidade era enorme. Não houve qualquer empatia por parte de Catarina e sua trupe na ocasião. Todas embaladas pelos rumores e risos da maioria, se propuseram a espalhar a notícia de forma cruel.

Após o treino e todas já prontas para o início das aulas, Catarina e as meninas, inclusive Michelle, já se encontravam no pátio. Luiza, que também subiu, foi para a biblioteca, pois havia ainda alguns minutos antes da primeira aula começar. Pegou um livro qualquer de contos e começou a ler para passar o tempo. Entreteve-se o suficiente a ponto de não perceber o tempo passar depressa. Encaminhou-se para o corredor das salas, mas parou subitamente. Algo havia chamado sua atenção. Era Thomas e Michelle que se abraçavam intensamente. Um abraço de conforto e proteção que talvez Luiza nunca havia visto entre um casal. Seu coração começou a bater forte, ao mesmo tempo que suava frio. A raiva se apoderou dela. O sangue subiu à cabeça rapidamente. Luiza ficou extremamente perturbada com a cena e seus olhos se encheram de lágrimas, mas fez um esforço tremendo para não chorar. Tudo estava indo muito bem antes do retorno de Michelle, mas pareceu que tudo iria desmoronar de repente. Durante a aula Luiza estava bem desanimada. Alan tentava puxar conversa, animá-la de alguma forma, porém sem sucesso. No intervalo, Thomas e Michelle conversavam muito, sozinhos, afinal fazia algum tempo que não se viam. Havia toques e olhares de carinho e muitos abraços que Luiza não suportou observar por muito tempo. Era uma tortura para ela.

— O Thomas te disse alguma coisa sobre o que aconteceu com a garota? — Luiza perguntou para Alan.

— Não falou muita coisa, mesmo porque acho que estão se aprofundando no assunto agora mesmo. Só disse que Michelle passou a fazer terapia. Acho que aconteceu algo muito sério com ela naquele dia — Alan dizia enquanto observava os dois no pátio.

— Nossa, o que será que houve? — Luiza fingia interesse em arrancar qualquer informação sobre os dois.

— Não sei. Ela não é mais a mesma, isso deu para perceber.

Ao final da aula, Luiza reparou de longe que Thomas e Alan conversavam muito, porém discretamente em um canto da sala. De repente tocou o sinal e Thomas se despediu seguindo em direção à saída. Luiza só observava, ao mesmo tempo em que guardava os materiais. Quando Alan se levantou para ir embora, Luiza se aproximou.

— E então, Alan? Sabe agora o que houve com a garota? — Luiza não disfarçava seu interesse em arrancar qualquer coisa de Alan.

— Você quer mesmo saber, Luiza? Sei que este assunto te deixa desconfortável, afinal você gosta do Thomas, não é? — Alan respondia intrigado.

— Que isso, Alan... já superei! Foi só um lance besta que já passou — Luiza mentia com desdém.

— Bom, parece que ela viu alguma coisa no vestiário e se apavorou. Por isso saiu correndo só de toalha para pedir ajuda. Não sei o que ela viu, essa parte o Thomas não contou… disse que não havia necessidade. Só sei que eles conversaram e o Thomas se compadeceu dela, vai ajudá-la a superar isso.

— Humm... entendi. Que loucura, hein? Será que foi uma alucinação?

— Vai saber? Não faço a menor ideia!

No dia seguinte, Luiza se preparava para o treino. Com sua evolução no vôlei, seu comportamento mudou muito. Era sempre a primeira a chegar e, com vontade, já iniciava o alongamento antes das outras. De fato, Luiza pegou gosto pelo esporte. E, diante de toda essa mudança, Leonardo, que antes sempre debochou da irmã, agora se interessava muito em vê-la jogar, mesmo com o distanciamento repentino dos dois, que ele definitivamente não entendia. Com a volta de Michelle, a professora Kelly propôs um jogo entre equipes, para avaliar como seria o desempenho depois do tempo em que ela ficou afastada dos treinos. Separou as meninas em dois times e colocou-as para jogar. Quando isso ocorria, geralmente alguns alunos da turma da tarde paravam em uma espécie de parapeito do pátio, que dá uma visão muito boa para a quadra. E quando a arquibancada estava armada, geralmente também era ocupada. Luiza ficou no time de Catarina, o que não era mais um problema, pois sua ascensão no vôlei fez com que sua aceitação, consequentemente, aumentasse entre as meninas. Michelle ficou no time adversário.

Quando o jogo começou, muitos alunos já estavam a postos na arquibancada assistindo. Leonardo também estava lá, pois só havia assistido treinos até aquele dia, não uma disputa entre equipes. Realmente estava muito interessado em ver a irmã jogar. Catarina começou sacando e marcou o primeiro ponto, o chamado *ace*, que é o ponto de saque. Naquele momento, a professora Kelly percebeu que o desempenho de Michelle havia caído. O direcionamento do saque foi para ela e, como se estivesse com um pouco de medo da bola, esquivou-se. A partir dali, não demorou muito para as meninas, assim como a professora, perceberem que Michelle ainda estava bastante abalada desde a sua volta ao colégio. Mesmo assim a disputa foi ficando acirrada e as equipes jogavam com vontade. Certa hora, Luiza e Michelle ficaram frente a frente na rede, as duas como atacantes. Catarina fez o saque da jogada com força, mas conseguiram revidar mesmo assim. A bola atravessou a quadra novamente e Catarina defendeu jogando-a para Luiza fazer o corte para o campo adversário. No instante em que a bola vinha em sua direção, olhou para Michelle e, com raiva, atacou com toda a força que conseguiu extrair de todos os músculos de seu corpo. A direção da bola foi precisa no rosto de Michelle. A potência do corte foi tão grande, que imediatamente ela caiu batendo com a cabeça no chão. Mesmo percebendo o ocorrido, Catarina e Luiza comemoraram o ponto marcado, porém o jogo havia terminado ali. Michelle chegou a desmaiar com a bolada, havia sangue em seu rosto. A professora saiu correndo para chamar uma ambulância. As meninas tentavam reanimar Michelle sem sucesso. Luiza avistava de longe apenas, quando, de repente, olhou para a arquibancada e viu a expressão transtornada de seu irmão. Leonardo percebeu naquele momento que Luiza não era mais a mesma. Luiza correspondeu o olhar a seu irmão, sem qualquer arrependimento ou culpa pelo que fez. A ambulância chegou e finalmente levou Michelle.

Mais uma vez Michelle era o assunto nas salas de aula das turmas da noite. Até então, todos falavam do "acidente" no treino de vôlei. Catarina e as outras meninas sequer estavam preocupadas com o incidente, apenas se incumbiam de espalhar a notícia de forma desprezível e cruel. Thomas, que mais uma vez ficou sabendo da notícia posteriormente e por terceiros, parecia não acreditar. Até então, não sabia quem havia jogado a bola em Michelle. No intervalo, Luiza, Alan e Thomas estavam juntos e a conversa só poderia ser sobre o jogo. Desta vez, Luiza não pôde evitar.

— Nossa, Luiza! Mas como assim? — Thomas perguntou indignado.

— Foi um acidente, Thomas. Michelle estava dispersa no jogo e eu fiz a jogada. Todos perceberam que ela decaiu no vôlei, ficou muito tempo afastada, sem jogar. Luiza se defendeu.

— Tô bem preocupado. Até agora não se sabe dela. Que horas foi isso?

— Foi lá pelas quatro da tarde — explicou Luiza.

— Quem diria, hein, Luiza, que você jogaria desse jeito um dia? — Alan observou.

No final da noite, quando Luiza chegou em casa depois do colégio, Leonardo a esperava. Era raro vê-lo àquela hora da noite acordado.

— O que foi aquilo? — Leonardo indagou.

— Aquilo o quê? — Luiza fingiu inocência.

— Você sabe muito bem! Você atacou aquela garota com a bola e com toda a sua raiva. Eu vi claramente isso. Não foi um acidente. Você arquitetou aquela jogada para machucar. Me explica o porquê, Luiza.

— Eu não sei do que você está falando, Leonardo. Eu estava jogando vôlei, nada mais.

— Eu vi, no seu olhar, no momento em que você cortou a bola, Luiza. Eu te conheço, você quis ferir aquela garota. E não adianta negar para mim.

— Ahhh... vou dormir que eu ganho mais. Não enche meu saco, Leonardo!

— Você não é mais a mesma! Você se transformou. Não conheço mais você. De agora em diante quero distância! — Leonardo gritou.

— Tanto faz! — Luiza encerrou o assunto.

No dia seguinte não haveria treino de vôlei. Isto fora avisado pela professora de última hora. Quando Luiza chegou ao colégio para as aulas, lá pelas seis da tarde, ouviu alguns rumores como "quebrou o nariz" e "golpe na cabeça". De repente, foi chamada na diretoria.

— Luiza, você sabe o que aconteceu com Michelle? — perguntou a diretora.

— Bom, sei que ela foi levada ao hospital. — Luiza respondeu secamente.

— Ela teve o nariz quebrado e a cabeça está bem inchada perto dos olhos.

— Nossa, não sabia.

— Estou lhe comunicando porque foi uma jogada que você fez, certo?

— Sim, mas foi um acidente. Estava apenas jogando.

— Não se preocupe — disse a diretora. — Te chamei aqui só para te informar. Afinal de contas, você feriu sem querer uma colega. Mas não se preocupe, claro que foi um acidente.

— Obrigada pela consideração, diretora. Posso me retirar? Já já começa a primeira aula.

— Claro, Luiza. Fique em paz, viu? E, se precisar conversar, estou aqui.

Luiza saiu da sala da diretora em direção à sala de aula, seguramente satisfeita por ter se safado da situação. Com um sorriso discreto no rosto, sentou-se em seu lugar, pois a aula já iria começar. Percorreu o olhar por todas as carteiras, cumprimentou Alan e alguns outros, mas não avistou Thomas. Logo em seguida entrou o professor. Passada a aula, já no intervalo, Alan comentou com Luiza que Thomas fora visitar Michelle no hospital e por isso faltou ao colégio. Conforme Alan falava, Luiza queimava de raiva por dentro, sem deixar transparecer nada ao amigo. E foi assim durante muitas horas depois, até o dia seguinte. Simplesmente, Luiza sucumbia à sua própria fúria.

O ATO (PARTE 3) 13

A vida no colégio voltou ao normal após o "acidente" com Michelle. As aulas acontecendo, os treinos de vôlei foram retomados, os intervalos no pátio também seguiam como de costume. Thomas, por outro lado, distanciou-se de Luiza, apesar de acreditar ter sido mesmo um acidente. Simplesmente não conseguia mais ficar próximo e fingir que nada havia acontecido. Luiza o procurava, mas Thomas inventava uma desculpa e "fugia". Às vezes conversava com Alan isoladamente pelos cantos da sala de aula ou do pátio, mas na maioria das vezes permanecia sozinho. Luiza procurava Alan incansavelmente na busca por explicações, mas o amigo não sabia justificar a mudança de comportamento de Thomas. Somente aconselhou a dar um tempo, a não pressioná-lo de qualquer maneira, pois ele estava bem confuso e chateado com tudo que vinha acontecendo com Michelle. Além de distante, ele também se ausentou três vezes naquela semana para visitá-la no hospital.

Michelle ficou sete dias hospitalizada. Teve o nariz fraturado e uma leve concussão, o que justificou o desmaio na hora da pancada e o tempo de sua internação. Embora precisasse se ausentar apenas uma semana do colégio, permaneceu afastada por catorze dias. Continuava com a terapia, agora mais do que nunca. Não bastasse o ocorrido no vestiário, que a deixou fortemente abalada, o "acidente" também a afetou física e psicologicamente. Obviamente estava bem atrasada nas atividades escolares e precisaria, mais tarde, recuperar tudo que perdeu. Mesmo após sair do hospital, Thomas continuava a visitá-la em casa. Luiza percebeu que o ocorrido acabou aproximando ainda mais os dois e afastando Thomas dela. Após muito refletir sobre o assunto, compreendeu que precisava agir no anonimato novamente, sem ligação com qualquer acontecimento futuro à Michelle. Assim que a segunda semana que Michelle estava ausente começou, Luiza resolveu se aproximar de Catarina.

Não foi difícil para Luiza fazer novas "amizades". Com seu alto desempenho no vôlei, tornava-se cada vez mais popular no turno da noite. Ao se aproximar de Catarina, desencanou de tentar se reaproximar de Thomas, pelo menos por enquanto. Luiza agora ficava com Catarina e as outras meninas do vôlei nos intervalos, já que não eram da mesma sala. Alan foi deixado de lado. Luiza percebeu a mágoa do amigo, porém não podia perder tempo. Precisava fazer amizade com Catarina antes da volta de Michelle. Não sabia bem ainda como se aproveitar daquela situação, necessitava pensar rápido para tentar separar Michelle e Thomas de uma vez por todas.

Michelle continuava sendo o assunto mais falado do colégio, inclusive por Catarina, que sempre foi ardilosa ao espalhar as histórias que ouvia durante os treinos de vôlei. Um erro crucial que Michelle cometeu foi confiar nela desde o início. Desde o episódio do vestiário, Catarina compadeceu-se falsamente de Michelle enquanto a chamava de "louca" pelas costas. Também deixou claro sua opinião sobre a última partida de vôlei: *"Foi perfeitamente normal a jogada. Michelle não deveria jogar se não estava preparada."*

Após alguns dias, Luiza já estava totalmente enturmada com as meninas do vôlei. E, para seus amigos mais próximos, também estava irreconhecível. Alan não acreditava naquela versão de Luiza... popular e superficial. Poderia até dizer fútil. Já Leonardo não reconhecia sua irmã há tempos e o episódio da bolada o fez ter certeza de que ela já não era mais a mesma. Mike, seu amigo de baladas, já não falava com Luiza há séculos. Só Emília não percebeu a mudança da filha, pois sua jornada de trabalho acabava influenciando negativamente na criação dos filhos.

Não bastava a aproximação, Luiza tinha que agir. Começou a influenciar Catarina e as outras implicitamente contra Michelle. Deu certo! Em poucos dias, a escola inteira já sabia de tudo o que havia acontecido com ela, em detalhes, desde o incidente no vestiário. Uma noite, durante o intervalo, Thomas ficou tão nervoso ao escutar aquelas fofocas que resolveu confrontar Catarina. Os dois bateram boca por alguns minutos e Luiza permaneceu quieta no seu canto, sem tomar partido. Mas não adiantou. Percebeu no olhar de Thomas que algo havia mudado entre eles. Ficou com medo de que Thomas se afastasse ainda mais e começou a pensar no que poderia fazer a respeito.

Finalmente, em uma noite normal de aula, Michelle retornou ao colégio. Estava com o rosto meio abatido e um pouco tímida, mas fisicamente havia se recuperado por inteiro. A professora Kelly veio recepcioná-la, mesmo não sendo dia de treino, pois havia se sensibilizado muito com tudo o que acontecera com ela. Felizmente, para a alegria da treinadora, Michelle retornaria ao vôlei já no dia seguinte. Obviamente, com moderação e todo cuidado que uma pessoa teria após um episódio de lesão por conta do esporte. Após sua conversa amigável com a treinadora Kelly, Michelle seguiu pelo pátio em direção às salas. De repente, percebeu que todos ao redor a olhavam curiosos, alguns com risinhos de canto e fuxicos ao pé do ouvido um do outro. Sentiu-se mal com aquilo, mas resolveu seguir em frente, sem entender direito o que estava acontecendo. E, sem pestanejar, entrou na sala de aula, já que não encontrou Thomas ou qualquer outro rosto conhecido no caminho. Não demorou muito para o intervalo e Luiza foi se encontrar com Catarina e as meninas do vôlei. Thomas saiu logo em seguida e, quase no mesmo instante, avistou Michelle pela primeira vez naquele pátio após o seu afastamento. Correu para abraçá-la e permaneceu assim, abraçado a ela por um bom tempo. Obviamente, chamou a atenção de Luiza e das outras, que olhavam com desprezo aquela cena.

— Olha lá, gente, quem voltou! Será que já melhorou da cabeça? — Catarina debochava enquanto as outras riam alto, para todos ouvirem.

Mas Luiza permanecia calada. Enquanto presenciava aquele abraço, morria de inveja e raiva por dentro.

No dia seguinte, ao início dos treinos de vôlei, Michelle apareceu como havia prometido à treinadora Kelly. Durante o aquecimento, sentiu um desprezo por parte de todas, mas resolveu se concentrar no vôlei. Tudo corria bem até o momento do exercício mano a mano. Dava para ver que Michelle estava receosa em continuar e Catarina, que formava sua dupla, se aproveitou da situação jogando para valer, com toda garra que podia. Ao presenciar a cena, a professora decidiu intervir e iniciou o treino de toques em conjunto, que continuou até o final. Entretanto, Michelle parou antes. Sentou-se para descansar em um canto da quadra enquanto esperava as outras terminarem o treino, já que não conseguia mais entrar sozinha no vestiário para tomar banho. Afinal, nunca se recuperou totalmente daquela "visão" no corredor vazio entre os chuveiros. Por fim, todas de banho tomado, subiam as escadas em direção ao pátio. Até que Catarina foi parada de repente, com ordens de comparecer à diretoria. Luiza não conseguiu entrar para a sala até saber o que havia acontecido com Catarina. Esperava num canto do pátio quando, após quase uma hora, ela apareceu.

— Catarina, o que houve? Fiquei preocupada com você. Nem quis entrar para a primeira aula. — Luiza fingia preocupação quando, na verdade, estava morta de curiosidade.

— Levei uma advertência por causa da Michelle, acredita? Aquela cretina foi reclamar na direção que eu andei espalhando coisas a respeito dela. — Catarina quase babava de ódio.

— Não acredito! Mas, afinal de contas, toda a escola viu o que aconteceu com ela, não? Por que você levou a culpa disso? — Luiza queria mostrar, a todo custo, sua falsa indignação.

— Pois é, mas me acusaram de espalhar para todo mundo do colégio, com maldade, sabe? Tirando sarro dela? E daí? Por que ela não veio tirar satisfação comigo? Eu odeio quem é dedo-duro!

— Bom... poderíamos mostrar a ela que isso não se faz. Imagina... envolver a direção do colégio nisso, que absurdo! Só mostra o quão covarde ela é, a ponto de te prejudicar.

— Isso não vai ficar assim! Vou tirar satisfação com ela hoje mesmo, no intervalo.

— Não! — Luiza interveio com rigidez. — Não seja tola! Se você fizer isso, vai acabar suspensa. Finja que nada aconteceu, pelo menos por enquanto.

— O quê? — Catarina não se conformava. — Como assim... você quer que eu deixe barato?

— Eu tenho um plano. — Luiza então calou Catarina de vez.

Alguns dias se passaram sem muitas novidades, exceto que Michelle estava cada vez mais confiante, apesar de ainda ouvir muitos deboches e piadas a seu respeito. Decidiu romper com todos que se diziam ser seus amigos e se isolar, bem como se concentrar nos estudos, pois precisava recuperar o tempo perdido. Apenas manteve contato com seu namorado, Thomas. Sim, naquela altura o relacionamento dos dois já era oficial. Continuava com a terapia e com os remédios, porque embora tenha se machucado no treino de vôlei, foi o incidente no vestiário que deixou sequelas. Tanto pela visão perturbadora quanto pelo constrangimento de correr gritando, só de toalha, pelas dependências da escola. Os treinos de vôlei também faziam parte da sua rotina, pois dia após dia, Michelle recebia o apoio da treinadora Kelly para continuar, apesar do seu rendimento ter caído e todas da equipe terem virado a cara para ela.

Um dia após o treino, Luiza seguiu a professora Kelly e descobriu exatamente onde ela guardava a chave do vestiário: na pequena sala do zelador. Sem hesitar, pegou-a sem ninguém perceber e a levou para casa, a fim de fazer uma cópia. No dia seguinte, foi ao colégio bem cedinho, com a desculpa de estudar na biblioteca. Antes que alguém se desse conta do sumiço da chave, colocou-a em seu lugar. Após o almoço, avistou Catarina chegando para o treino e chamou-a de canto, discretamente.

— A cópia da chave, Catarina! Consegui! — falou Luiza empolgada com o feito.

— Nossa, tão rápido? — Catarina estava satisfeita.

— Tive de me apressar para ninguém desconfiar. E a luz geral do vestiário? Descobriu como desliga?

— Sim, a caixa com os disjuntores fica ao lado direito da porta, bem no canto da quadra. Eu testei, é independente, pois se você desliga, apaga somente as lâmpadas do vestiário.

— Ótimo! Só precisamos combinar o dia, então.

— Que tal na sexta-feira? Quem sabe esquecem de fazer a checagem no final da noite? — Catarina ria com maldade.

— Combinado. Hoje ainda é quarta-feira. Teremos tempo de nos programar.

Naquela tarde, durante o treino, Luiza e Catarina combinaram com afinco, porém discretamente, os detalhes do plano para se vingar de Michelle de uma vez por todas. Parecia que a sorte estava ao lado de Luiza, já que a advertência levada por Catarina veio na hora certa para concretizar seus planos, ao lado de uma aliada cheia de ódio e motivação. Após vários exercícios maçantes em conjunto, toques, saques, saltos e abdominais, a professora Kelly anunciou o fim do treinamento do dia. Catarina logo se manifestou:

— Treinadora, por acaso vamos voltar a jogar de verdade? Quero dizer, mano a mano, time contra time? — questionou Catarina um pouco alterada.

— Claro! — respondeu a professora Kelly com ironia. — Vamos sim. Quando eu achar que Michelle está pronta. Afinal, somos uma equipe, não? É justo que cada uma respeite o tempo da outra. Alguém aqui discorda?

Todas abaixaram a cabeça e concordaram com a professora, o que fez Catarina se calar e engolir sua raiva. Então, diante dessa bordoada, todas se encaminharam ao vestiário para se lavarem e se aprontarem para as aulas, que começariam logo mais. À noite, os acontecimentos se repetiam. Thomas cada vez mais distante de Luiza e Alan ressentido com a amiga por ter se afastado. No intervalo, as meninas do vôlei permaneciam juntas, naquela falsa amizade da parte de Luiza que, ao mesmo tempo, observava Thomas e Michelle juntinhos, com todo furor que podia existir no coração de alguém. Essa era basicamente a rotina do turno da noite no colégio.

No dia seguinte, Luiza compareceu à aula como de costume, pois não era dia de treino. Naquela quinta-feira agitada, as meninas do vôlei falavam com empolgação do plano que seria executado no dia seguinte. Luiza começou a fingir uma tosse seca e incessante, que despertou o interesse de Catarina.

— Está tudo bem, Luiza? Você parece meio abatida. E ainda com essa tosse...

— Claro, está tudo bem. Creio que é só uma alergia à toa. Deve ser nervosismo por causa de amanhã. — Luiza convencia

Catarina. — Aliás, quer ficar com a chave do vestiário? Acho que me acalmaria um pouco, sei lá.

— Pode ser. — Catarina concordou sem entender muito bem, já que não faria diferença quem ficaria com a chave. — Tudo pronto para amanhã. Estou tão ansiosa, mal posso esperar. — Ela não continha sua euforia.

Já na sexta-feira, quando o grande dia chegou, Luiza acordou sem muita pressa. Tomou café sozinha, como de costume, pois seu irmão já tinha saído para o colégio. Sua mãe nem a via mais. Na fábrica onde Emília trabalhava o turno era muito extenso e cansativo. Então, além de passar o dia inteiro trabalhando, quando chegava, ela não tinha energia para nada, o que fez com que os filhos aprendessem a se virar sozinhos. A hora do almoço ia se aproximando, mas Luiza estava numa boa. Ficou no quarto ouvindo música, já que estava muito agitada para ler. Lá pelas 14h, o telefone tocou.

— Luiza, cadê você? Dei uma escapada do treino para te ligar — Catarina falava nervosa.

— Ai, Catarina... estou muito mal. A tosse aumentou, minha garganta inflamou e estou com febre. Não tenho condições de ir ao colégio hoje. Luiza simulava uma voz de quem estava doente.

— Ah, mas hoje era o dia... devemos adiar?

— Não! Hoje é o dia perfeito. Você sabe o que fazer e ainda vai contar com a ajuda das meninas. Não faz diferença eu estar aí. Só acho uma pena eu perder, pois planejamos um milhão de vezes. Vai dar certo! — Luiza sabia como manipular Catarina.

— Ok. Vamos seguir com o plano, então. Depois te ligo para contar como foi.

— Certo! Mal posso esperar. Boa sorte. Ficarei aqui torcendo.

Luiza desligou o telefone satisfeita. Tudo estava acontecendo como o planejado. Agora só tinha que lidar com a ansiedade de esperar a hora do treino acabar.

Finalmente, a professora Kelly apitou olhando para o relógio, anunciando o fim dos treinos de vôlei do dia. Como de costume, começou a arrumar tudo com a ajuda das alunas, guardar as bolas, desarmar a rede, entre outras coisas. Assim que a treinadora subiu para a sala dos professores, Catarina, Michelle e as outras meninas se dirigiram ao vestiário. No corredor entre os chuveiros, começaram a enrolar para tomar banho, sendo que apenas Michelle entrou no box. Quando enfim ela ligou o chuveiro, Catarina pegou as coisas de Michelle, incluindo suas roupas e sua toalha, saiu de fininho com as outras e trancou a porta do vestiário. Dirigiu-se ao quadro de luz e, com um só toque no interruptor, desligou as luzes e a energia dos chuveiros. Logo em seguida, os gritos começaram. Michelle lá dentro, desesperada, berrava incessantemente. Catarina e as meninas saíram correndo escadas acima, em direção ao pátio. Naquele dia elas não tomaram banho. Trocaram-se em outro banheiro do colégio e compareceram às aulas tranquilamente, como se nada tivesse acontecido.

Lá pelas 21h, um pouco antes do intervalo, o zelador começou a fazer a ronda da noite, trancar as dependências isoladas do prédio principal e checar os recintos, para finalmente terminar seu turno da semana. Ao chegar à quadra, notou que a porta do vestiário já estava trancada. Ao perceber a presença de alguém do lado de fora, Michelle começou a gritar por socorro. Ele então abriu a porta e se deparou com uma menina totalmente nua e perturbada, gritando e chorando sem parar. Sem saber muito o que fazer, chacoalhou-a para tentar acalmá-la em vão. Vestiu seu casaco em volta de Michelle e a acompanhou até a sala da diretoria. Mas, para chegar lá, teve que atravessar o pátio cheio de alunos, pois o intervalo tinha acabado de começar. Mais uma vez, lá estava ela... Michelle, exposta para todos, nua, só com um casaco envolto em seu corpo, em um constrangimento sem fim. Thomas, ao vê-la naquele estado e em prantos, acompanhou-os em silêncio, até que finalmente já estavam dentro da sala da diretora. Catarina e as meninas olharam a cena deleitando-se por dentro, sem alterar seu comportamento para não levantar suspeitas. Afinal de contas, o plano havia dado certo!

14 TRIUNFO

O final de semana começou excepcional. Luiza foi às nuvens após o telefonema de Catarina, contando como tudo sucedeu. Naquele sábado, fazia um dia lindo e a vontade de Luiza era sair para comemorar. Ligou para o amigo Mike depois de muito tempo sem dar as caras. Queria aproveitar uma balada. Mas o amigo de festas a dispensou secamente. Sem entender direito e, ao mesmo tempo, sem dar muita bola, ligou para Alan para tentar recuperar sua amizade. Novamente foi dispensada. Resolveu então tentar falar com ele pessoalmente no colégio, pois agora que não precisava mais de Catarina, tinha bastante tempo para se aproximar do melhor amigo. Depois das tentativas frustradas de sair e quase sem nenhuma opção, foi ao quarto do irmão:

— Quer dar uma volta no *shopping*? — perguntou Luiza.

— Sai do meu quarto, por favor — o irmão respondeu com seriedade.

— Ei, mano! Vamos dar uma saidi... — antes que Luiza terminasse a frase, Leonardo berrou furiosamente

— SAI JÁ DO MEU QUARTO!

— MOLEQUE GROSSO! TE ODEIO! — Luiza gritou de volta.

Pensou em chamar sua mãe para sair, mas a coitada estava lá, debruçada no sofá sem a menor motivação para fazer nada. Então, diante de tudo, desistiu de chamar alguém e foi dar uma volta sozinha.

Na segunda-feira, Luiza decidiu não ir para a escola de novo. Achou melhor esperar mais um dia fingindo estar doente e não levantar qualquer suspeita de sua participação no ocorrido. Conseguiu convencer sua mãe de que estava com um forte resfriado, logo pela manhã, antes de Emília sair para o trabalho. Qualquer indício de sua ausência era importante para se afastar dos últimos eventos. Quando voltou à aula, na terça-feira, Luiza, logo que entrou, foi chamada à diretoria.

— Luiza, você soube do que aconteceu na sexta-feira? — questionou a diretora.

— Sexta? Não. Eu faltei à aula na sexta e ontem, pois peguei um resfriado muito forte. — Luiza respondia segura de si.

— Trancaram a Michelle, que faz parte da sua turma de vôlei, no vestiário, sem roupas e no escuro. Ela ficou lá sozinha por horas, até o zelador a encontrar. Você sabe de alguma coisa a respeito disso?

— Nossa, que horror! Estou sabendo agora. — Luiza fingiu espanto. — Por que alguém faria isso?

— Foram suas amigas, Catarina e as outras, que treinam com você. Ontem, ao serem questionadas sobre o incidente, todas alegaram que foi você, junto com a Catarina, que armou tudo. É verdade?

— Senhora, eu estava de cama, com febre na sexta. Como poderia? Confesso que ficava com elas no intervalo, mas só para passar o tempo. Elas tinham ódio de Michelle, disso eu sabia. Toda vez que falavam em aprontar alguma, eu me esquivava e pedia para me deixarem de fora. E elas, com o intuito de me convencer a participar de qualquer coisa, começaram a me chantagear, mas nunca me intimidei. Não a conheço bem, mas não tenho nada contra Michelle. Não tinha ideia do que eram capazes, foram longe demais. Eu jamais participaria disso. Desde o acidente da bolada me sinto supermal, mesmo sendo desproposital. Como pode achar que eu seria capaz disso?

— Luiza, não há evidências contra você. É a sua palavra contra a delas. Ligamos para sua mãe ontem no trabalho e ela confirmou que você estava de cama. Porém, vamos investigar essa história e, se aparecer qualquer indício da sua participação, vamos puni-la, ok? Catarina foi expulsa do colégio ontem e as outras foram suspensas por uma semana. Estão em casa, de castigo, sem permissão para falar com qualquer colega. Espero sinceramente que seja inocente e que isso não aconteça com você também.

— Eu entendo perfeitamente e juro que se souber de qualquer coisa, venho até aqui ajudar. Mas agora fiquei muito preocupada... como está Michelle, senhora? — Luiza perguntou dissimuladamente.

— Está em estado de choque! Ela foi internada em um hospital psiquiátrico e só fala em se matar. Seus pais estão muito preocupados e decidiram mantê-la em uma instituição para a sua própria segurança. Infelizmente, ela está isolada e sem poder receber qualquer visita. É uma pena tudo o que ela está passando.

— Meu Deus! Que coisa mais triste! Estou chocada com a situação dela. E pensar que eu me aproximei tanto dessas meninas cruéis. Sinto muito por Michelle.

— Somos duas, Luiza.

Ao sair da diretoria, Luiza quase não se segurou: por pouco não explodiu de tanta alegria. Sentiu um alívio de sair ilesa daquela situação. E, quanto à Michelle, finalmente tinha se livrado dela da melhor maneira, sem despertar maiores suspeitas. Seguiu em direção à sala de aula e ali ficou, sentada em sua carteira, olhando para o professor, mas com a cabeça longe, pensando em tudo, menos na matéria. No intervalo, Luiza decidiu falar com Thomas.

— Thomas, posso falar com você um instante? — Luiza o chamou em um canto do pátio.

— O que você quer? — Thomas parecia nervoso.

— Por favor, estou pedindo só um momento da sua atenção.

— Estou ouvindo. — Thomas se aproximou de Luiza.

— Olha, sei o que deve estar pensando. Eu fiquei muito próxima daquelas meninas, aparentemente. Mas eu só passava o intervalo com elas. Afinal de contas, você e o Alan se afastaram de mim do nada. Soube hoje o que aconteceu com Michelle e sinto muito por isso. Quero que saiba que estou aqui para te consolar, como uma amiga de verdade, que nunca deixei de ser. Acredite em mim.

— Eu me sinto totalmente impotente. Não sei como ajudá-la, arruinaram com a vida dela. — Thomas caiu em um choro profundo, de soluçar. No ímpeto do momento, Luiza não pensou duas vezes e o abraçou, sendo enfim correspondida.

— Está tudo bem, Thomas. Eu estou aqui. Daremos um jeito, ok? Luiza sorriu discretamente, sua satisfação era completa.

Aquela noite foi uma das melhores dos últimos tempos na vida de Luiza. Estava crente que, em breve, estaria com Thomas e seria amada por ele. Só precisava ser paciente. Já em casa, deitada na cama, sonhava com esse dia. E assim ficou: sonhando acordada até finalmente cair no sono.

RUÍNA

15

No dia seguinte, Luiza acordou mais tarde, estava sossegada com os horários, já que os treinos de vôlei foram suspensos por tempo indeterminado. Nunca, na história do colégio, todas as alunas do time foram suspensas de uma vez, sendo que uma ainda fora expulsa e a outra estava mentalmente incapaz. Então, como de costume, Luiza tomou seu café e aproveitou a manhã, sozinha, em clima de festa, dançando e pulando pela casa. Almoçou, leu um pouco, assistiu televisão, cochilou e quase perdeu a hora do colégio. No finalzinho da tarde, ninguém havia chegado em casa ainda. Seu irmão provavelmente ainda estava no colégio treinando judô. Sua mãe chegava tarde mesmo, já era comum na rotina. Luiza caprichou ao se arrumar para a aula. Queria muito impressionar Thomas. Passou até uma maquiagem leve, rímel nos olhos e batom nos lábios. Vestiu-se com uma roupa mais nova e ousada, calça *jeans* justinha e uma blusa preta com um decote sutil. Sentiu-

-se linda e feliz ao se olhar no espelho. Pegou seu material e rapidamente saiu.

Ao adentrar o pátio da escola, ainda faltavam cinco minutos para o sinal. Foi quando chamaram Luiza na diretoria. Não ficou nervosa em nenhum momento. Certamente a diretora tinha novidades sobre Michelle e queria compartilhar. Afinal de contas, Luiza se mostrou muito preocupada com a companheira de vôlei. Mas, ao entrar na sala, o coração de Luiza quase saltou pela boca ao ver sua mãe e seu irmão ali, esperando, juntamente com a diretora e o coordenador.

— Sente-se, Luiza — a diretora ordenou com firmeza.

— O que está havendo? Mãe, o que faz aqui junto com o Leonardo? — Luiza tremia em sua voz.

— Seu irmão nos contou sobre o telefonema de Catarina para sua casa, falando sobre Michelle... ele ouviu tudo — Só a diretora falava, enquanto Emília e Leonardo permaneciam calados no canto da sala.

— O quê? Mas, como assim... — Luiza nem terminou de falar quando, novamente, a diretora levantou a voz.

— Não adianta negar. O Leonardo nos contou sobre o telefonema, sobre a bolada, que alegou ser proposital e como você mudou ultimamente.

— Mas isso não prova nada...

— Suspeitamos do dia em que Michelle se desesperou no primeiro incidente do vestiário. Resolvemos checar as câmeras de segurança do pátio. Na época, não acreditamos que seria necessário, porque tudo parecia ser uma alucinação de uma garota com medo, sozinha na quadra deserta depois do treino. Mas as imagens não mentem. Você entrou no vestiário assim que Michelle foi tomar banho e, depois, foi de novo, após ela sair correndo de toalha — Enquanto o coordenador explicava, Luiza começou a suar frio.

— Sabemos que foi você quem causou tudo isso. Você desgraçou a vida da Michelle, Luiza. Portanto, a partir de agora, você não estuda mais aqui. Ainda será difícil arranjar vaga em outra escola, já que tudo isso vai para o seu histórico escolar. Você tem sorte, Luiza, dos pais de Michelle não prestarem queixa. Tudo graças à sua mãe, que implorou que você fosse apenas expulsa. — A diretora foi implacável nas palavras.

— Senhora, por favor, deixe-me explicar... — Luiza tentava em vão.

— Passar bem, senhora Emília — a diretora se despediu da mãe e também de Leonardo, claramente muito abalada.

Enquanto tudo era esclarecido na diretoria, a professora Kelly reuniu os alunos no pátio e abriu o jogo, na íntegra, do que realmente havia acontecido com Michelle. Que ela não era louca ou desequilibrada, mas que tudo era fruto de uma armação de Luiza desde o começo. Ela explicou como Michelle fora vítima de um plano diabólico arquitetado por uma garota invejosa e cruel. Todos escutaram espantados. Entre os alunos presentes, estavam Thomas e Alan, indignados com o que tinham acabado de ouvir.

Finalmente, quando Luiza saiu da diretoria, acompanhada de sua mãe e seu irmão, todos olhavam incrédulos em sua direção. Alguns começaram a xingá-la e assim começou um furdúncio enorme à sua volta. Em meio a gritos de aversão e repulsa, Luiza olhou na direção de Thomas e percebeu em seu rosto um desprezo profundo, seguido de ódio e nojo. A partir dali ela soube que Thomas se tornou um passado distante em sua vida, que nunca mais o veria de novo. E enquanto a confusão se estendia, Luiza finalmente conseguiu deixar o colégio, aonde jamais retornaria.

Já em casa, depois de um trajeto silencioso e constrangedor, Luiza foi para seu quarto. Sua mãe foi atrás, decidida a não adiar mais uma conversa séria e definitiva.

— Luiza, arrume suas coisas, tudo o que puder carregar. Você não fica mais um minuto nessa casa. — Emília não demonstrou qualquer compaixão com a filha.

— Mãe, por favor, eu estou cansada. Não viu o que acabei de passar? Eu não mereço isso. Amanhã nós conversamos, ok? — Luiza respondeu friamente.

— Você vai pegar suas coisas e sair daqui AGORA MESMO! — Emília ficou furiosa e avançou para cima de Luiza.

— Não, mãe... por favor, me escute. — Luiza começou a chorar alto e a se desesperar.

Arrumou suas coisas pessoais em uma mochila, algumas roupas, escova de dentes e outros poucos pertences. Dirigiu-se à porta e, com os olhos vermelhos de tanto chorar, olhou para sua mãe e seu irmão.

— Vocês vão me pagar! — Luiza disse com toda a raiva do mundo.

— Nunca mais apareça aqui. Não quero saber para onde vai, se para a casa do seu pai ou para qualquer outro lugar que te acolherem, não me importo. Aqui você não pisa mais. Eu posso ter sido negligente com vocês nos últimos tempos, mas eu não criei um monstro! Nisso eu estou com a consciência limpa.

— Eu te odeio! E você, Leonardo, queria que tivesse morrido picado por aquela cobra.

— SOME DAQUI! — Emília gritou sem nem mesmo entender a última frase de Luiza, mas estava com tanto ódio que nem se deu ao trabalho de saber sobre aquilo. Não importava mais nada.

Foi então que a porta bateu na cara de Luiza. Ela virou as costas e começou a caminhar naquela noite solitária, sem rumo, sem remorso, sem arrependimentos e, ainda, sem olhar para trás.